ANDREA HEINISCH
Gute Kinder

*Gedruckt mit freundlicher Unterstützung von
Stadt Wien Kultur.*

Informationen über das aktuelle Programm
des Picus Verlags und Veranstaltungen unter
www.picus.at

ANDREA HEINISCH

Gute Kinder

ROMAN

PICUS VERLAG WIEN

Die Stille sitzt in jedem Handgriff. Wartet am Ende jedes Augenblicks, holt mich hinterrücks ein, wenn ich in ein Zimmer gehe. Wartet dort auf mich. Sperrt mir die Türen vor der Nase zu, biegt sich weg unter meinem Atem. Hält mich gefangen ohne Aussicht auf Besserung. Gut so. Nichts ist schlimmer als die Aussicht auf Besserung. Nichts ist grausamer als die Hoffnung. Ich habe meine Wohnung angezündet, damit sich das mit der Hoffnung ein für alle Mal erledigt.

Sie denken, dass es ein Versehen war. Weil ich vergesslich bin. Weil ich die Pfanne mit dem heißen Fett auf dem offenen Herd stehen hatte und dann einfach aus der Küche gegangen bin. Da war es dann endlich zu spät für alles, was es auch vorher schon war, aber das weiß niemand. Nur ich und deshalb habe ich es auch nicht gerochen, als das Fett // *brandig stinkend* // Feuer fing. Ich habe nur etwas gehört. Jemand hat sich in meinem Wohnzimmer zu schaffen gemacht, er hat sich wie Herbert angehört. Erkannt habe ich ihn an seinem Husten und dann hat es geläutet. Vielleicht war das mit dem Läuten aber auch später. Ja, ich weiß, dass ich vergesslich geworden bin, und ich weiß, was das bedeutet. Ich bin niemandem böse.

Tatsache ist: Ich habe verloren, obwohl ich nicht mitgespielt habe, deshalb habe ich meine Wohnung abgefackelt und jetzt bin ich dort, wo man das Vorher an der Tür abgibt wie altes Gewand, das einem beim besten Willen nicht mehr passt und nie wieder passen wird. Ich bin dort, wo es nur noch das Nachher gibt. So ist das jetzt.

1

Der junge Mann, den sie mir zugeteilt haben, isst am liebsten Palatschinken, sagt er, aber er kann sie nicht zubereiten. Sicher ist er ein Zivildiener, zumindest schaut er so aus. Ich erkläre ihm, dass man da nur Ei, Milch, Mehl und eine Messerspitze Salz zusammenrühren muss. Ein Kinderspiel, sage ich, um ihm Mut zu machen. Ich habe das tausendmal hinter mir. Einkippen, warten, hochwerfen. Er schaut so skeptisch. Ganz sicher ist er ein Zivildiener, er ist so jung, kaum aus der Schule heraußen, das nutze ich aus, schaue ihm unschuldig wie der junge Frühling mit meinen alten Augen ins Gesicht, damit er Zutrauen fasst (Hab keine Angst, wir zwei schaffen das!), und er fällt drauf herein.

Er wird es schwer haben, das sehe ich jetzt schon. Vorausschauen geht noch, es ist nur die Vergangenheit, die tot ist wie ein Steinfeld, wie eine Geröllhalde soll sie tot und tot und noch einmal tot und vergessen sein und keiner schlägt Haken in den Grund, der doch sowieso immerzu rutscht. Was jeder weiß, nur mein kleiner Zivildiener nicht, denn der hat Herzen in den Augen. Solche, die sich nach innen bohren wie Spulwürmer. Oder eben: Haken. Nein, mein Schatz, du wirst es hier nicht lang machen. Wäre Helene jünger, würde ich sie ihm vorstellen. Sie würden zusammenpassen.

Wie mir das Kind, Helene, erzählt, dass sie eine Schlangenhaut gefunden und in eine Schachtel gesteckt hat. Sie wird die Haut in die Schule tragen, sagt sie. Sie wird nach Hause kommen, erinnere ich mich, und erzählen, dass alle in der Klasse die Schlangenhaut sehen wollten. Das war schön, wird sie sagen und ich werde am Herd stehen und in die Pfanne schauen, damit sie mein Gesicht nicht sehen kann. Sie ist so ein sensibles Kind. Weint sich schon wegen der kleinsten Ermahnung die Augen aus. Braucht viel Zuwendung. Dauernd muss man mit ihr reden, ihr gut zureden, ihr über den Kopf fahren und sagen: Es wird schon wieder. Ein anstrengendes Kind. Hat die Schlangenhaut in der Schule vergessen und dann behauptet, dass sie nie eine gehabt hat. Ich muss sie dazu bringen, dass sie das mit dem Lügen endlich aufgibt. Kein Wunder, dass niemand sie mag, wenn sie andauernd lügt.

Das ist Helene und nicht diese Person, die hoch wie ein Baum vor mir steht, auch wenn. Auch wenn es da eine Erinnerung gibt, ganz weit hinten liegt sie. Hinter den Augäpfeln regt sie sich und kratzt an der Netzhaut, als ob sie um Einlass betteln würde wie ein fremder Hund.

Nein, sage ich. Du bist nicht meins! und: Reiß dich doch zusammen, was ist mit deiner Würde! und: Wozu glaubst du, dass so eine Netzhaut da ist? Bleib, wo du bist.

Ja, wenn es Spuren, wenn es Elemente gäbe, die ich bergen könnte, aber da regt sich nichts, nur dieses stumme Kratzen. Es tut mir leid, Madame. Sie müssen schon von sich heraus wer sein, ich kann jetzt niemanden erkennen, ich muss erst Zeit gewinnen.

Die Frau, die immer wieder sagt: Ich bin's, Helene, und jedes Mal redet sie noch lauter, als ob ich schwerhörig wäre, wie ein Nervenbündel, hochgebündelt wie Heu zum Trocknen, früher, steht sie vor mir. Ich lächle einfach weiter, obwohl mein Trommelfell direkt vibriert, so schrecklich laut ist ihre Stimme. *Kann sie bitte jemand abdrehen.* Ich lächle so nichtssagend, wie ich es nur kann.

Sie deutet auf die Kinder, die neben ihr stehen und mich anstarren wie ein Weltwunder. Wo kommen die vielen Kinder auf einmal her? War da zuvor nicht nur ein einziges Kind? Höchstens noch ein zweites, das sich vielleicht irgendwo versteckt und gewartet hat, dass man es sucht. Wie das Kinder so gern tun, meine Helene hat das bei jeder Gelegenheit gemacht. Meistens, nein, immer ist sie unter dem untersten Regalbrett, ganz hinten in der Besenkammer gehockt. Von oben bis unten war sie staubig, wenn sie hervorgekrochen ist. Ich hob sie in die Höhe und blies ihr den Staub aus den Haaren. Geweint hat sie, wenn ich sie zu früh, wenn ich sie zu spät, wenn ich sie nicht gefunden habe. Die Frau sagt ein paar Namen und redet dann irgendetwas vor sich hin, ich lächle nach wie vor unverbindlich, ohne Inhalt lächle ich, aber ich bleibe freundlich, obwohl es immer mehr Kinder sind, die um den Tisch laufen, die an der Balkontür stehen, die am Verschluss rütteln. Zwischen Bad und Zimmer laufen sie hin und her, johlend, vermehren sich aus dem Stand, wie Karnickel sind es mit jedem Mal Hinschauen mehr, ich versuche sie zu zählen, um wenigstens den Überblick zu behalten, aber diese Frau unterbricht mich andauernd, sie greift sogar ein paarmal nach meiner Hand – Darf man das überhaupt? –, so komme ich über zwei nicht hinaus. Ich höre auf zu lächeln. Besser, ich konzentriere mich. Ich setze erneut an: Eins, zwei …, da ruft sie so laut, dass es jeden Gedanken übertönt: Mama! Erkennst du mich nicht?

Jetzt aber. Jetzt aber verliere ich die Beherrschung. Ich lache schallend, ich kann gar nicht mehr aufhören. *Mutter! Ich!* Gute Frau, sage ich, als ich wieder sprechen kann. Um eine Tochter zu haben, müsste ich aber gut und gerne dreißig Jahre älter sein!

Damit habe ich sie erwischt. Entlarvt. Sie weiß das auch, ich sehe es an ihrem Blick. Als sie endlich mitsamt den Kindern Richtung Tür verschwindet, bin ich wieder ganz Contenance, bin ich von ausgesuchter Höflichkeit, wie ich es beim Import-Export gelernt habe. Es wird schon wieder, sage ich und: Ich wünsche Ihnen und Ihren entzückenden Kleinen noch einen schönen Tag. Ich weiß, dass sie jetzt quer über den Gang und in den anderen Trakt hinübergeht. Wo die schweren Fälle hingehören. Mir geht es noch gut. Nur die Unordnung im Kopf nimmt zu.

2

Ob ich geschrien habe? Ein Widerhall hängt mir im Ohr, aber
ich weiß nicht, woher er kommt. Aus dem Bad? Vom Gang?
Haben die Verrückten wieder einmal Ausgang? Ich habe Angst,
dass sie mir ins Zimmer kommen. Vor diesen Verrückten
habe ich die größte Angst, sie sind ja vollkommen unbere-
chenbar. Kommen herein und greifen alle meine Sachen an.
Schütten Eimer voll Wasser auf meinen Boden, lassen mich im
aufsteigenden Nebel zurück *(Schau selbst, wie du nach Hause
kommst!)*, schieben meine Sachen herum, meine Schuhe, das
Handy, meine Wäsche, meine Hefte, das Schreibzeug und immer wieder: mein Feuerzeug (Jetzt ist auch noch mein Feuerzeug verschwunden, ich brauche es doch für Herbert! Bringt
es endlich zurück!), heben alles hoch, lassen es fallen, lassen
es verschwinden. Vor meinen Augen. Vollkommen scham-
los. Ohne jede Erziehung. Ich sollte aufstehen und meinen
Schmuck in Sicherheit bringen. – Was für einen Schmuck? Ist
er nicht zurückgeblieben, dem Feuer zum Opfer gefallen, hat
es geheißen.

Die Füße sind angeschwollen wie die Beine auch – *vom Knie
abwärts ist alles pralles Rot. Erdbeerrot.* Wenn ich aufstehe, zerplatzen die Füße. *Feuerrot.* Wenn ich sie auf den Boden setze,
zerreißen sie wie Luftballons in tausend Fetzen und das mit
einem Tusch, blutrot, dass die Bilder an der Wand zu fliehen beginnen, als ob jemand ein Erdbeben losgetreten hätte.
Nicht wandern sie vielleicht von oben nach unten, nein, von
links nach rechts und von rechts nach links wandern sie und
die Stille, die sich, das Tageslicht scheuend, hinter die Bilder

gequetscht hat, rutscht hervor. Sie fällt mir ins Zimmer und breitet sich aus. Dünn, so gut wie fast noch gar nicht da ist sie, wie der erste Herbstnebel ist sie. Ich mag das. So zart. So schön ist es anzusehen, wie die kleinen Tränen in ihm hängen. Unsichtbar wie alles, das einen Wert hat. Noch niemand hat diese so jungen Tränen geweint. *(Erst wenn die Erde bebt von links nach rechts und von rechts nach links, dann weine ich um Helene. Was vorher war? Ich weiß es nicht.)* Ich muss nur zugreifen, dann kann ich die Tränen pflücken und sie im Mund zerplatzen lassen wie Weintrauben, die ich an den Gaumen presse.

Kleine Kinder, kleine Sorgen, große Kinder, große Sorgen. Ich muss mit Herbert reden. Er muss etwas unternehmen. Es geht nicht an, dass sie so ekelhaft zu Helene sind. Sie kann doch nichts dafür, dass sie so ist, wie sie ist. Und ich bin doch den ganzen Tag im Büro. Wo ist Helene überhaupt? Warum besucht sie mich nicht? Seit ich umgezogen bin, war sie noch kein einziges Mal da. Sie sollte sich ein Beispiel an ihrem Bruder nehmen. Der kommt jeden Tag. Manchmal schreie ich vor Glück, wenn er bei der Tür hereinkommt, aber ich schreie nur in mich hinein. Niemand soll mich hören, die hängen einem hier sofort eine Diagnose an, nur weil man glücklich ist. Das vertragen die hier nicht. Das geht denen hier gegen den Strich. Da liegen dann gleich ein paar mehr Tabletten auf meinem Tisch. Manchmal tue ich ihnen den Gefallen und raste aus. Da nehme ich meine ganze Energie zusammen und fege mit einer schnellen Bewegung die Tabletten vom Tisch. Manchmal geht das Wasserglas mit, das gibt vielleicht einen Krach. Scherben bringen Glück. Ich schaue mich um. Nirgends Glassplitter. Keine Tabletten auf dem Boden. Die habe ich alle schon geschluckt. Das war ein Fehler. Ich muss mit Herbert reden, dass er mit dem Oberarzt redet. Bitte nur mit dem Oberarzt und nicht mit irgendeiner dieser Praktikantinnen, die sie mir als Ärztinnen unterschieben wollen. Junges, unerfahrenes Gemüse, besonders die eine. Das wird man mir doch wenigstens zubilligen. Wofür habe ich seit Jahrzehnten eine Privatversicherung. So kann das nicht weitergehen. Ich brauche meine Ruhe. Die müssen wenigstens dafür sorgen, dass die Verrückten in ihren Zimmern bleiben.

3

Es gibt gute und schlechte Tage. Heute ist ein guter Tag. Ich stehe auf, alles ist da und hat einen Namen. Auch ich.

Guten Morgen, Frau Heiligstetter, sagt der nette junge Mann, ein Zivildiener wahrscheinlich. Wie war die Nacht?

Und ich sage: Ganz wunderbar. Ich habe geschlafen wie in Abrahams Schoß.

Der junge Mann, Manfred heißt er, kennt Abrahams Schoß nicht. Er kennt viel nicht. Hoffentlich habe ich noch genug Zeit. Die guten Tage werden immer weniger, sie sind schon zu Stunden geschrumpft. Ich weiß das. Ich merke alles, auch wenn die Ärzte und Schwestern das nicht merken. Mir nichts anmerken zu lassen, ist das Letzte, das mir geblieben ist. Gott sei Dank ist das Handy auf einmal wieder da. Dafür hat Herbert gesorgt. Oder nein, es muss Lukas gewesen sein. Der Gute. Sicher zahlt er es. Er organisiert auch den Rest, ich kenne mich nicht mehr aus, geht ja alles nur noch elektronisch. Da kommen die Alten nicht mehr mit.

Die guten Tage sind am schwersten. Ich google am Handy, lese alles, was mir unterkommt, erschrecke. Google weiter, lese weiter, erschrecke wieder und so fort. Bis der Schreck mich ganz blöd macht im Hirn.

Frau Heiligstetter, sagt Manfred. Alles okay?

Sicher doch, sage ich und versuche, verwegen dreinzuschauen. Verwegen finde ich gut.

Gehen wir?

Nein, ich frage nicht, wohin wir jetzt gehen. Ich will es nicht vergessen haben. Ich gebe vor, mir den Knöchel verstaucht zu haben, damit der junge Mann mich stützen muss und keine weiteren Fragen stellt.

Es tut mir leid, sage ich.

Ist doch kein Problem, sagt er und bietet mir seinen Arm an, als ob er mich ausgesucht hätte. Wie in der Tanzschule. Freiwillig: Herrenwahl. Natürlich Elmayer wie die richtigen Wiener. Ich würde jetzt gern erröten. Schade, dass man das heutzutage nicht mehr macht.

Meine Freunde nennen mich Manni, sagt er.

Gut, sage ich, dann also Manni.

Er erinnert mich an Herbert, an den ganz, ganz jungen Herbert. Er hat dasselbe entwaffnende Lächeln. Da kann ich einfach nicht anders als mitzugehen, auch wenn ich mir sicher bin, dass sie ihn nur für mich abgestellt haben, weil man bei mir nicht mehr viel falsch machen kann. *(Da ist alles lang vorbei, da ist alles längst gelaufen // viel ist da nicht mehr, viel hat sie nicht mehr, nur Zeit hat sie noch, aber davon mehr als genug // wo doch sonst nichts mehr ist // so reden sie, wenn sie Nachtdienst haben und wachen sollen über unseren Schlaf.)*

Dieses Lächeln, entwaffnend, wie's schon bei Herbert war, nur deshalb komme ich mit, obwohl ich das Mitgehen hasse, das sowieso und noch mehr, wenn es in den Speisesaal geht. Wie ein Gentleman ist er, eine sichere Hand hat er und ich bin so elegant. Ein elegantes Paar, wie vor meiner Zeit, wie auf einer Sommerfrischepostkarte auf der Kredenz der Mutter. Schritte wie früher. Als ob meine Beine für einen Moment vergessen hätten, wie alt sie sind, und auch die Hüfte, also ein Hüftschwung ist das wie damals. Ein Schwung und noch ein Schwung, ein kleiner Schritt mehr und ich tanze mit diesem Manni zu dem Tisch, an den er mich führt. Er rückt mir sogar den Sessel zurecht, ich bedanke mich, wie es sich gehört. Schön ist das, auch wenn das Ambiente hier

16

im Speisesaal wie im ganzen restlichen Haus zu wünschen übrig lässt.

Ein wenig kräftigere Farben wären kein Fehler und die Vorhänge müssten gewaschen werden. Oder gleich weg damit. Ich würde gern in den Park hinausschauen können. Mir gegenüber sitzt ein Mann mit tausend Falten im Gesicht. Keine Ahnung, was der hier soll. Ich brauche doch meine Ruhe. Seine Hände zittern, trotzdem hat er ein Messer in der Hand und versucht, eine Semmel zu halbieren. Gleich wird er sich schneiden. Jemand muss ihm das Messer aus der Hand nehmen. Wo die Bedienung steckt? Gutes Personal zu kriegen, ja, das ist schwer. Aufmerksam müsste es sein. Sehen müsste man mich. Ich will bestellen. Dem alten Mann rinnt Spucke aus den Mundwinkeln. Ekelhaft. So einer gehört nicht an meinen Tisch. Alles, was recht ist. Nicht dass sie mir den noch ins Zimmer legen. Ich traue denen hier alles zu. Ich muss mit Lukas sprechen. Ich deute immer wieder in die Luft, ich rufe nach der Bedienung. Man wird doch wenigstens eine Bedienung erwarten dürfen für sein Geld! Da beugt sich Manni zu mir, redet auf mich ein, sagt, dass er nur schnell etwas regeln hat müssen. Für mich, eine Überraschung, ein kleiner Ausflug am Nachmittag. Er sagt, dass mein Zimmer immer nur für mich allein sein wird, dass er dafür sorgen wird, er lächelt. Ich glaube ihm, aber ich bleibe vorsichtig. Der alte Mann von gegenüber sei erst heute angekommen. Er brauche meine Unterstützung. Wie bitte? Er sei ein armer Kerl, habe gerade erst seine Frau verloren. Deshalb weint er die ganze Zeit.

Weinen? Aus dem Mund? Ich schweige. Die Semmel, die auf dem Teller vor mir liegt, breitet sich auf dem viel zu kleinen Teller aus. Das Messer hat gar keinen Platz. Es hängt über den Tellerrand, gleich wird es auf den Tisch fallen und das wird erst für Ärger sorgen. Sie werden wieder auf mich aufmerksam werden, herschießen werden sie auf mich wie der Teufel auf die arme Seele. Manni ist weg und ich traue mich nicht, das Messer anzugreifen. Messer, Schere, Feuer, Licht. Da muss man aufpassen, das darfst du nicht. Den Kakao werde ich verschütten, er ist viel zu heiß.

4

Meinen Herbert trage ich im Herzen. Das sowieso. Ich muss das nicht andauernd erwähnen, ich werde ihn nie vergessen. Niemals, auch wenn überall behauptet wird, dass man sich zuletzt an keinen mehr erinnern kann. Fast fünfundvierzig gemeinsame Jahre. Nie allein gewesen. Das kann niemand vergessen. Herbert habe ich in mir drin, ob ich will oder nicht. Ich habe Ja, ich will, gesagt und daran wird sich nie etwas ändern. Ich weiß, dass er tot ist. Das ist normal, Manni, jeder stirbt einmal. Daran wirst du dich auch noch gewöhnen, nur jetzt bist du noch viel zu jung dafür. Du musst noch nicht an so was denken, so schwere Lektionen sind noch nichts für dich. Die kommen später. Lern erst einmal kochen, das reicht für den Anfang. Bist ein Hübscher, dich hätte ich auch genommen. Liebend gern, hätte ich gesagt und wäre dir ohne zu zögern auf die Tanzfläche gefolgt. Nein, schüchtern war ich nie. Schüchtern ist was für Verlierer. Doch, der Herbert war schon schüchtern, aber nur ganz am Anfang, weil als er Karriere gemacht hat, war das Schüchterne übers Jahr wie weggeblasen. Da war er ganz obenauf. Bis es bergab gegangen ist, und am Ende hat er gegen den Krebs verloren. Die Lunge war es.

Sei nicht traurig, Kind. So ist das nun einmal, aber wenn du einen im Herzen hast, kann dich der ganze Krebs kreuzweise. Schau, dass du eine findest, die wie ich ist. Die du dir ins Herz nehmen kannst. Bitte sehr, sagst du und rückst ihr den Sessel zurecht, wie du ihn mir zurechtrückst. Dann setzt sie sich nieder, schaut dich an mit ihren Augen und macht dir ihr Herz auf. Stumm wechselt ihr die Plätze: sie in dein, du in ihr Herz und dann verliert ihr euch nie mehr. Das geht, glaube mir, das geht über den Tod hinaus. Was aber mich angeht: Ich pfeif sowieso auf den Tod. Er kann mir nichts anhaben. Das macht mich stark, so überlebe ich alles. Frag meinen Herbert. Frag mich, ich werde dir auf alles eine Antwort geben, aber frag mich nur an den guten Tagen, wenn ich genug Worte habe.

Such dir aus, was du willst. Bau dir ein Haus oder eine Höhle oder sammle das alles in deinen Taschen für später, wenn die Zeit kommt. Wenn du Schutz brauchst vor dem ganzen anderen wie vor den Geräuschen der Motorsägen, wie sie ins Holz fahren zur Unzeit und schon sprichst du nie wieder. Kein einziges Wort. Nur noch haltloses Hin & Her, als ob du das Sprechen verlernt hättest. Was du hast oder nicht, wissen wirst du es nie.

An den guten Tagen, Manni, da weiß ich alles. Da weiß ich auch, dass ich zu lang geschwiegen habe, an den schlechten Tagen, das sollst du auch wissen, da weiß ich nicht einmal das. Da rinnt mir jeder Gedanke zwischen den Fingern durch wie Wasser, und Wasser, Manni, merk dir das, Wasser findet die kleinste Öffnung und es gibt immer eine. Früher oder später tut sie sich weiter und weiter auf und dir rinnt alles davon.

Nach dem Essen ist Betreuung angesagt. Ich hasse das. Seniorensport, Bewegung ist alles. Alles, was Flügel hat, fliegt, sagst du. Ein Vogel!, ruft Manni und hebt seine Arme in die Höhe. Die alten Knochen und Hirne beweglich halten und du hüpfst es vor, ich weiß, was du willst, Manni. Bist eh ein guter Bub, aber mir. Mir fliegt auch so schon alles davon.

Sei mir nicht bös, aber da mach ich nicht mit. Da hebe ich nicht einmal meine Augen, erst recht nicht die Arme, da kannst du dich noch so abmühen. Alles, was Flügel hat, fliegt! Der Vogel fliegt! Ich verstehe jedes Wort. Ich tue nur so, als ob es anders wäre. Das geht mir leicht von der Hand. Leichter als ein Vögelchen kann ich tun, als wüsste ich nichts mehr. Glaub mir, mein Vögelchen, mir ist es zugig genug. Ich muss mich konzentrieren, ich habe keine Kraft für kindische Spiele. Da hängen schon zu viele schwarze Löcher in mir, ein Tunnel neben dem anderen, *endlos*, und sie vermehren sich wie verrückt. Tauchen auf wie der schwarze Tod, breiten sich aus, brechen zusammen und nehmen alles mit. Schlucken alles mit sich, wenn sie gehn, nichts bleibt, keine Spur, nicht einmal eine Erinnerung, und bald bin ich das selbst und das ist das Schlimmste.

Sterben am lebendigen Leib. Ich weiß alles darüber. Ich habe mich informiert. Habe alles gelesen, was ich in die Finger bekommen habe. Ein Gedanke daran und mich überkommt das Vergessen wie eine Kapuze, die sie dem zum Tod Verurteilten über den Kopf ziehen. Du weißt, was dann kommt. Vielleicht noch letzte Worte, weil es jetzt eh schon egal ist. Zwei oder drei. Wenn die letzten Worte verschwunden sind, lass dir das gesagt sein, Manni, dann bin auch ich verschwunden. Deshalb, nur deshalb und weil ich dich lieb gewonnen habe, habe ich beschlossen, dir ein Gehäuse aus Worten zu bauen. Es wird stehen bleiben für dich, auch wenn ich es nicht mehr bewohne.

5

Ich mache mir Sorgen, Helene schaut so abgespannt aus. Wahrscheinlich hat sie deshalb vergessen anzuklopfen. Oder Alexander hat die Tür einfach aufgerissen. Er ist so ein begeistertes Kind. Kaum zu bremsen. Gut, dass wenigstens die Kleine nicht mitgekommen ist.

Schau, Oma, was ich gefunden habe!

O, das ist ja toll!, sage ich und nehme das Schneckenhaus mit spitzen Fingern entgegen. Ich betrachte es von allen Seiten und gebe es dem Buben wieder zurück. Helene hat sich niedergesetzt.

Müde?, frage ich. Sie antwortet mir nicht, sondern wühlt in ihrer Tasche herum. So nervös, das Kind. Endlich hat sie gefunden, wonach sie gesucht hat.

Hier, die Füllfeder, um die du mich gebeten hast.

Füllfeder?, denke ich. Was soll ich denn mit einer Füllfeder? Warum sollte ich sie um eine Füllfeder gebeten haben? Helene war immer schon eine Träumerin. Hat weiß Gott was alles dahererfunden. Schwer für jemanden wie mich. Ich will sie aber nicht enttäuschen. Sie kommt mir bedrückt vor.

Vielen Dank, das ist aber lieb von dir, dass du das nicht vergessen hast, sage ich.

Sie schaut sich um.

Eigentlich hast du es hier eh schön, sagt sie.

Ich beklage mich ja nicht, sage ich.

Oma, kann ich Saft?

Ich verdrehe die Augen, da sagt Helene: Wie sagt man da?

Bitte, sagt der Bub.

An besten gehen wir gleich ins Café hinunter, sage ich, und dann erinnere ich mich wieder: Und das Heft? Hast du mir auch ein Heft mitgebracht?

Das hat Helene natürlich vergessen. Aber immerhin. Eine Füllfeder habe ich, und um das Heft werde ich Lukas bitten. Der kommt im Gegensatz zu ihr ja jeden Tag. Ich werde ihn heute wegen dem Heft fragen, da kann er es mir morgen gleich mitbringen.

Deine Mutter hat einmal eine Schlangenhaut gefunden, erzähle ich dem Buben im Lift.

Echt?, fragt er und schaut Helene ungläubig an. Er ist beeindruckt.

Echt, sagen Helene und ich gleichzeitig.

Ich kann Manfred nirgends entdecken, wahrscheinlich hat er heute frei. Schade, ich hätte ihm die beiden vorstellen können.

Suchst du was?, fragt Helene. Musst du nicht, ich habe schon beim Hereingehen bestellt. Eine Melange für dich, ist's eh recht?

Ich nicke und schaue zur Seite, damit sie mein aufgebrachtes Gesicht nicht sieht. Wie kommt sie dazu, einfach für mich zu bestellen? Und warum können wir nicht warten, bis die Kellnerin an den Tisch kommt. Alles der Reihe nach, wie es sich gehört. Nicht immer alles so durcheinander.

Eins nach dem anderen, sage ich.

Ja, Mama, sagt sie. Du hast recht. Tut mir leid.

Der Ton. Ich hasse diesen Ton. Als ob man mit mir wie mit einer Idiotin reden müsste, nur weil ich jetzt in diesem Heim lebe. Weil ich alt bin. Zu alt für diese Welt, denke ich. Nein, sage ich zu mir. Nein. Ich bin noch lang nicht so alt, wie alle tun. Nein, sage ich noch einmal. Sonst nichts.

Bekomme ich ein Aquarium?, fragt der Bub.

Vielleicht, sagt Helene.

Ich will aber sicher eines, sagt Alexander.

Nerv mich nicht, sagt Helene.

Seit wann kämmst du dir die Haare zurück?, frage ich. Schaut streng aus.

Ist praktischer, antwortet sie und greift mit einer Hand nach hinten auf ihren Rossschwanz, mit der anderen nimmt sie Alexander das Glas mit dem dunklen Sprudel aus der Hand. In den wenigen Minuten hat er das Glas bereits halb leer getrunken. Als ob er einen Sieg errungen hätte, wischt er sich zufrieden über den Mund, holt das Schneckenhaus aus seiner Hosentasche und schiebt es auf dem Tisch herum. Ekelhaft, ich würde ihm das nicht erlauben. Ich sehe die fragenden Blicke der Kellnerin. Hochgezogene Augenbrauen, das bedeutet Missfallen. Ich sehe die streng zurückgekämmten dunklen Haare meiner Tochter. Ich sehe ihren müden Blick. Am Nebentisch läutet ein Handy. Ein ganzes Lied wird da abgespielt. Extrem laut. Das Café ist voll besetzt. An allen Tischen wird geredet. Durch die offene Tür kommt eine uralte Frau mit einem Rollator herein. Neben ihr humpelt eine jüngere, sie stützt sich auf einen Gehstock. Was für ein seltsames Gespann. Es muss Sonntag sein, weil so viel los ist. Außer Helene und Alexander kenne ich niemanden. Die Terrassenplätze sind auch alle besetzt. Lauter Fremde. Versehrte und Versehrtenbesucher. Männer und Frauen. Mehr Frauen, aber das sieht man den meisten nicht mehr an. Die schauen alle gleich aus. Solchen wie den beiden, die sich jetzt nach einem freien Tisch umsehen, ist das auch vollkommen egal, ob sie Männlein oder Weiblein oder was dazwischen sind. Hauptsache, der Rollator klemmt nicht.

Alexander beginnt, mit dem Schneckengehäuse zu reden. Wird immer lauter. Ich verstehe trotzdem nicht, was er sagt. Helene weist ihn zurecht. Ist noch lauter als er. Der Bub stößt mit dem Ellenbogen am halb vollen Glas an, die schwarze, klebrige Brühe ergießt sich über den Tisch. Ich komme gar nicht mehr nach. Überall wachsen Nebelsäulen in die Luft, werden immer dicker. Ich kann sie nicht mehr in Schach halten.

6

Ich wache auf, alles ist weiß. Das Bett ist kalt und nass ist es auch, ich muss die ganze Nacht geweint haben wegen Herbert. Er hat so schwer geatmet. Und wie er mich angeschaut hat. So traurig, der ganze Mann unter Wasser. Ich drehe mich um, damit ich das Zimmer sehen kann, ob es noch da ist. Ja, es ist genauso da wie Herbert. Da sind wir jetzt, ich und du. Daran gibt es nichts zu rütteln. Endstation. Ich hier und du? Ich klopfe mir auf die Brust, irgendwo da unter dem Nachthemd, unter der Haut, versteckt unter den Rippen, verborgen vor den neugierigen Blicken der anderen, da wohnt er jetzt. Geheim. Ein Mensch muss Geheimnisse haben, wenn er überleben will. Alles wird gut, Herbert. Wenn mir die Nässe nur nicht so kalt in die Knochen steigen würde. Das ganze Bett schwimmt.

Tut mir leid, Schwester, sage ich und versuche, ihr beim Abziehen der Bettwäsche zu helfen, aber ich stecke noch zu fest in der Nacht. Ich schaffe es nicht, ich verheddere mich immer wieder, finde keinen Anfang und kein Ende. Erst recht finde ich die Knöpfe nicht oder sind da gar keine Knöpfe. Ein Knopf ist kein Knoten. Das stimmt. Früher haben sich die Leute Knoten ins Taschentuch gemacht. Zur Erinnerung. Aber heute haben sie nur noch Papiertaschentücher. Einmal Tränen wegwischen, einmal schnäuzen und dann hopp, hopp, gemma, gemma: weg damit. Nur niemanden aufhalten. Keine Zeit verschwenden. Kein Wunder, dass ich so viel vergesse. Sogar das Bettabziehen.

Schwester, hätten Sie ein Taschentuch für mich?

Die Schwester deutet auf mein Nachtkästchen, wo eine Packung mit Papiertaschentüchern liegt. Sie ist ungeöffnet. Wer im Schlaf weint, braucht keine Taschentücher. Die Schwester schaut vorwurfsvoll. Ich trete ein paar Schritte zurück, bis ich mit dem Rücken an der Tür zum Balkon anstoße. Ich drehe mich um, um mich zu vergewissern. Ja, ein Glück, es ist wirklich die Tür zum Balkon. Sie haben sie mir versperrt, damit ich keinen Blödsinn mache. Blödsinn? Hast du gehört, Herbert?

Ich klopfe mir auf die Brust, damit Herbert zu weinen aufhört. Er füllt mir schon den halben Brustkorb.

Schwester, ich meine ein echtes Taschentuch. Eines mit Rändern.

Ränder? Sie hat einen Akzent, wahrscheinlich versteht sie zu wenig Deutsch. Sie dehnt das ä hoch in die Luft. Kommt wahrscheinlich aus Ungarn. Eine vom Import-Export wie ich erkennt das. Ich habe viel mit Leuten von woanders zu tun gehabt.

Ja, Ränder!

Sie versteht mich nicht, ich suche nach Worten, finde aber keine. Ich deute ihr mit den Händen, ich tue so, als ob ich nähen würde. Sie schaut mir aufmerksam zu, ohne das Bettabziehen zu unterbrechen. Eben hat sie den Polster in der Hand.

Stoff?, fragt sie und ich bin froh. Ja, Stoff. Stofftaschentücher brauche ich. Stoff, nicht Papier. Jetzt weiß ich es wieder. Ich brauche Stofftaschentücher. Ich sage mir das Wort immer wieder vor. Ich sage es mir auch noch vor, als die Schwester wieder verschwunden ist. Ich brauche Taschentücher aus Stoff mit umgenähten Rändern, unter denen sich der Schmerz verkriechen kann. Gell, Herbert? Das brauchen wir. Wenn ich Stofftaschentücher habe, wird mein Bett ganz sicher nicht mehr nass. Und ich kann mir Knoten machen und werde nichts mehr vergessen.

27

7

Schuhe. Schuhe. Was wollen die von mir. Erst kommt ewig
niemand und jetzt lassen sie mich hier sitzen. Natürlich will
ich mitkommen. Manni hat das ja extra für mich organisiert.
Ich habe die ganze Nacht nicht geschlafen, nur damit ich die
Abfahrt nicht versäume. Ich höre sie draußen am Flur lachen.
Die denken sich wieder irgendetwas aus, das ich dann erraten
soll, ich weiß wirklich nicht, warum ich immer noch hier bin.
Ich bin viel zu gutmütig. Extra freigenommen habe ich mir,
als ob ich Urlaubstage zum Saufüttern hätte. Und dann lassen
sie mich warten und warten.

Aber sonst ist bei euch noch alles in Ordnung, sage ich, als
endlich wieder jemand hereinkommt. Ein junger Mann, aber
Manni ist das nicht. Er hat viel kürzere Haare, an den Seiten
hoch rasiert, als ob er ein Soldat wäre. Den Rest der Haare
hat er oben zu einem kleinen Schwänzchen zusammengefasst.

Willst du was von mir?, frage ich und schaue den Hochge-
schorenen durchdringend an.

Krieg ist hier nicht, sage ich zur Sicherheit auch noch. Nicht
dass er auf blöde Ideen kommt.

Gut geschlafen?, fragt er zurück. Freundlich. Ich bin überrascht.

Ich habe gar nicht geschlafen. Wer schläft, sündigt nicht,
sage ich und höre mich lachen.

High Heels, sage ich, als ich wieder reden kann. Ich ziehe
nur High Heels an. Sonst gehe ich nirgendwohin.

Da fällt mir mein Pass ein. Wo ist er? Hier nicht, ich habe
ihn hier noch nie in den Händen gehabt. Wahrscheinlich ist

er noch in der Firma, vom letzten Betriebsausflug nach Ungarn. Győr war das. Ich erinnere mich genau. Schön war das. Allein die Farben! Ich sehe den Pass vor mir: Er liegt in der Schreibtischlade, rechts unter den Schnellheftern versteckt. Himmelherrschaft. Wie ärgerlich. Ich muss Werner anrufen, der soll ihn mir schnell herbringen. Weil auch alles immer so schnell gehen muss. Ohne Pass gehe ich nicht aus dem Haus. Ohne Pass ist man ein Niemand. Da kann dich jeder nehmen wie eine Schaufensterpuppe und hinstellen, wo es ihm einfällt, und du kommst nie wieder weg.

Fertig! Manni lächelt mich an. Manni kann lächeln wie mein Herbert. Wo bleibt Herbert? Ich lächle zurück und Manni fängt mein Lächeln auf. Herbert ist immer so eifersüchtig. Er flippt aus, wenn mich ein anderer Mann nur anschaut. Was hat der mir für einen Aufstand gemacht wegen Werner. Als ob ich mir mit dem je etwas angefangen hätte. Herbert darf nicht mit. Herbert muss zu Hause bleiben. Manni bietet mir seine Hand. Gentlemanmäßig. Ich lege meine Hand auf seine.

Passt!, sagt Manni.

Passt, sage ich.

Im Auto ist es eng. Neben mir sitzt jemand. Das gefällt mir gar nicht. Er riecht auch noch komisch. Wie alte Leute riechen. Immer ein bisschen ranzig. Da kannst du duschen, so viel du willst.

Hast du geduscht?, frage ich meinen Nachbarn.

Er schaut mich verständnislos an. Nein, der hat nicht geduscht und die Jacke ist sicher seit Jahren nicht gewaschen. So was gehört verboten.

Hinter mir sitzen auch noch Leute, ich kenne niemanden. Nie gesehen und falls ich sie vergessen habe: ein Schaden ist das nicht. Sie reden irgendeinen Unsinn vor sich hin. Unverständlicher Singsang. Lauter Verrückte.

Was soll ich mit lauter Verrückten?, sage ich.

Keine Antwort.

Was soll ich mit lauter Verrückten?, sage ich deutlich lauter.

Keine Antwort.

Ich schreie: Was soll ich mit lauter Verrückten?

Das Auto bleibt stehen. Ein Ruck, dass es mich fast gegen den Vordersitz wirft. Die Verrückten kreischen auf. Ein ohrenbetäubender Krach und plötzlich fehlt dem Auto die Seitenwand, ich kann direkt ins Freie sehen. Alles grün. Viel Himmel. Viel zu viel Luft dazwischen. Alles riecht nach Gefahr. Was ist hier los.

Nein, ich steige nicht aus. Nein, ich beruhige mich nicht. Nein, ich sage kein Wort. Keinen Fuß setze ich da hinaus. Kann leicht sein, dass noch mehr als die eine Seite vom Auto verschwindet, und dann sitze ich auf der Straße. Lauter Luftgespinste. Ich greife hin und weg sind sie. Zurück bleiben nur die verklebten Finger. Zuckerwatte, Spinnweben. Ich halte mich mit beiden Händen am Vordersitz fest. Die Fingerknöchel glänzen hell. Wie glatt poliert. Nicht zur Seite schauen. Keine zehn Pferde werden mich hier rausbekommen. Alles dicht machen. Keinen Ton mehr lasse ich in mich hinein. Es geht um alles. Ich habe noch genug Kraft für zwei. Gell, Herbert?

Herbert will immer nur das Beste für mich. Er lächelt mich an, ja, das kann er immer noch wie am ersten Tag. Geh Inge, sagt er. Die frische Luft wird dir guttun. Ich lass dir auch den Manni durchgehen. Versprochen. Keine Szenen. Ich pass auch auf die Helene auf. Ein wenig Sonne, das schadet nicht, und so eine kleine Wanderung, nach den ganzen Jahren auch einmal einen Fuß vor den anderen setzen, anstatt nur am Import-Export-Schreibtisch zu sitzen, das wäre doch auch einmal was. Vielleicht gibt es sogar Pferde. Du magst doch Pferde.

Ja, Herbert, sage ich. Ich mag Pferde. Ich hab das nur vergessen vor lauter Import-Export. Und echt keine Szene?

Echt, sagt Herbert.

Herbert ist der Beste.

Okay, sage ich und lasse den Vordersitz los. Wenn es unbedingt sein muss.

8

Ich erzähle Manni von der schwarzen Hexe, die gerade noch in meinem Zimmer gewesen ist. Wie sie eingebrochen ist und mir Anweisungen geben wollte. Befehle. Mir! Wie ich mich taub gestellt habe. Ich lache, als ich mich an ihren ungläubigen Gesichtsausdruck erinnere. Weil ich vollkommen reglos geblieben bin. Weil ich durch sie hindurchgeschaut habe, als ob sie aus Glas wäre. Sogar an den Schultern hat sie mich gepackt und ich habe sie gewähren lassen, als ob ich willenlos geworden wäre.

In Wirklichkeit war das nämlich ein Test, Manni, sage ich. Und ich habe ihn bestanden: Ich bin ruhig geblieben, habe mich kein Stück bewegt. Manchmal muss man sie gewähren lassen, um zu bestehen, Manni. Schreib das ins Heft.

Er hat das Heft im Zimmer oben vergessen. Ich deute auf sein Handy: Schreib es da hinein.

Manni tippt, ich genieße einstweilen die Aussicht. Es ist wirklich ein schöner Park. Große, alte Bäume. Ahorn? Kastanien? Blutbuchen? Herbert wüsste das genau. Kieswege. Blumenrabatten, in denen kleine Täfelchen stecken. Neben unserer Bank stehen noch eine zweite und eine dritte. Insgesamt zähle ich acht Bänke. Die meisten sind besetzt. Auf der Wiese gegenüber steht eine große Hollywoodschaukel aus Holz. Sie bewegt sich, obwohl weit und breit niemand zu sehen ist. Sehr merkwürdig. Ich schaue zu Manni. Alles ganz normal. Nur nichts anmerken lassen.

Lukas hat mir das Heft mitgebracht, sage ich, als Manni mit seinem Handy fertig ist. Manni will etwas sagen, aber ich lasse mich nicht unterbrechen. Ich rede sehr gern über Lukas. Er ist so ein guter Sohn. Er kommt jeden Tag, wo er doch so viel zu tun hat. Ein Manager ist er. Ganz oben. Trotzdem nimmt er sich jeden Tag mindestens ein paar Minuten Zeit für mich. Er erzählt mir von den Leuten, die er trifft, wenn er auf der ganzen Welt unterwegs ist. Sie sind alle so begeistert von ihm, weil er so viel schafft, weil er jedes Problem aus dem Weg räumt, weil er immer so gute Ideen hat und auch die nötige Durchsetzungskraft. Das hab ich von dir, sagt er. Nein, sage ich, das hast du von dir selbst.

Du hast es gut, sagt Manni. Die meisten hier kriegen nur zum Geburtstag und zu Weihnachten Besuch.

Ja, ich habe es gut getroffen mit meinem Lukas, sage ich.

Es ist eine Schande, sagt Manni.

Ich deute auf den Mann, der gerade vorbeigeschoben wird und wild in der Luft herumgestikuliert.

Der da?

Nein, wie das hier alles aufgestellt ist.

Aufgestellt?

Dass es so wenig Betreuungspersonal gibt. Dass wir so wenig Zeit haben. Dass …

Er redet so viel und das so schnell, dass mir die Sätze auseinanderbrechen. Dass mir die Wörter in den Schoß prasseln und sich verheddern. Ich schaue in meinen Schoß hinunter, da winden sich die Worte wie Fische im Netz. Sozialsystem, Corona, Bezahlung, Ausbildung, Politik. Ich kriege sie nicht nebeneinander, ich komme nicht mit bei den ganzen Sachen, die Manni mir erzählt, ich verstehe ihn einfach nicht, gleich wird es Probleme mit dem Atmen geben, weil ich mich so anstrenge. Irgendwas mit Politik ist es, höre ich gerade noch heraus. Immer die Politik. Wie bei Herbert.

Politik ist ein schmutziges Geschäft, sage ich. Das ist automatisch gekommen. Als ob Herbert gesprochen hätte. Herbert, sage ich. Du hast doch gesagt, dass du zu Hause bleibst.

Politik ist ein notwendiges Geschäft, sagt Manni.

Es klingt wie ein Schlusswort. Ja, jetzt ist er ruhig. Ich hebe den Kopf wieder, schaue ihm zu, wie er herumschaut. Er ist so ein hübscher Bub, besonders jetzt. Es muss spät sein, die Sonne liegt schon ganz weich auf uns. Wie ein Abgesang. Ich habe das Abendlicht immer schon am liebsten gehabt. Hoffentlich habe ich das jetzt nicht gesagt, unpassend wie es ist. Manni redet wieder, er erklärt mir etwas, ich erkenne es am Ton, verstehen kann ich gar nichts mehr. Ich bin zu weit fort, habe mich in der Abendsonne verloren. Ich würde Manni gern verstehen.

Warte ein bisschen, will ich rufen, ich brauche noch eine Weile, der Weg ist einfach so weit von dir zu mir!, aber er soll ja nicht merken, dass ich weg war. Also nicke ich nur. Und nicke. Er hat schöne Hände. Langgliedrig. Fein. Viel zu zart für Männerhände. Er ist noch so jung.

Medizin, sagt er. Er wird Medizin studieren, wenn er den Aufnahmetest besteht.

Das ist gut, sage ich und greife nach seiner Hand.

Gut ist immer gut, denke ich und lege seine Hand zwischen meine Hände. Es ist eine aufgeregte Hand und gar nicht so zart, wie ich vermutet habe.

Du wirst ein guter Arzt werden. Auf jeden Fall.

Meine Oma war wie Sie, sagt Manni. Die habe ich auch immer besucht. Ich bin bei ihr aufgewachsen.

Bist ein guter Bub, sage ich. Aber ich bin nicht deine Oma.

Ich weiß, sagt er.

Ich bin die vom Import-Export, sage ich.

Ich weiß, sagt Manni und lächelt. Ich hätte da eh eine Frage. Darf ich Sie was fragen, obwohl Sonntag ist?

Okay, sage ich. Wenn Sie schon einmal da sind.

Und dann fragt er mich tausend Sachen über den Import-Export. Auch Fragen, die ich nie vermutet hätte, zum Beispiel etwas wegen der letzten Lieferung, irgendetwas mit der Menge hat nicht gepasst, ich werde gleich am Montag nachschauen, wo der Fehler liegt, sicher nicht bei uns, und wie das so dahingeht, denke ich an Herbert. Was er wohl sagen würde, wenn er mich mit dem jungen Mann auf der Parkbank sehen würde. Hand in Hand.

Inge, höre ich ihn da auch schon sagen, aber der Rest geht in dem Getöse unter, das plötzlich vom Himmel fällt.

Ein Wahnsinn, sagt Manni. Da sind wieder genauso viele Flieger unterwegs wie vor Corona. Die pfeifen aufs Klima.

Ja, das ist gut, sage ich.

Nein, das ist nicht gut, sagt Manni und zieht seine Hand aus meinen Händen.

Besser, ich sage nichts mehr.

9

Ich merke, dass ich starre. Ich merke, dass ich auf einen Punkt starre. Ich versuche, mich zu konzentrieren, tauche in das schwarze Loch, wo die Namen für die Dinge liegen. Ungeordnet, ziellos treiben sie umher. Tauchen auf, tauchen weg, verschwinden, blitzen an einer anderen Stelle wieder auf. Irrlichtern wie Glühwürmchen überm Moor. Wie willst du die zu fassen bekommen. Reiß dich zusammen, konzentriere dich: Wasser. Wasserkrug. Trinken. Ach ja.

Ein Schluck und noch einer. Dann geht es dir besser. Ich höre eine Stimme, laut und deutlich, aber ich sehe kein Gesicht. Da ist niemand, aber die Stimme redet und redet, ich verstehe kein Wort. Was ist hier los: Die Angst ist los wie ein Orkan, das Unterste wird nach oben gezogen und fällt wieder zurück, gleich kommt mir auch die Galle entgegen und alles andere auch. Mir wird schlecht.

Die Augen öffnen, weit öffnen, durchatmen, mit Bedacht. Langsam, damit alles wieder gut wird. Vorläufig. Mehr als vorläufig ist nicht mehr drin.

Wer werde ich sein, wenn ich längst zu Ende bin.

Der Orkan hat nur Luft geholt, schon hebt er wieder an, stärker noch als vorher, er tobt Sekunden, Minuten, Stunden, Tage. Kann auch ewig sein. Ich kann's nicht sagen, weil ich's nicht weiß, weil auch mein Herz verrücktspielt, es treibt mich, wie auf der Flucht, von einer Ecke in die andere. Tosend. Fühllos und taub überlebe ich das.

Ich bin erschöpft. Bin müde, will nicht mehr. Leg die Hände in den Schoß und schließe die Augen. Versuche, das Herz anzuhalten. Lass los, sage ich, es wird schon alles gut, aber du musst mich loslassen. Einfach langsamer werden, ohne Absicht, als ob du versehentlich aufs Schlagen vergessen würdest. Alles reiner Zufall. Auf einmal ist es dann vorbei und du hast dich nicht einmal entscheiden müssen. Ohne Angst vor dem Ende einfach Stück für Stück loslassen, bis kein Schlag mehr kommt. Herbert runzelt die Stirn. Schlag?

Lass mich doch gehen, Herbert, sage ich. Ich bin so müde. Ich kann nicht mehr.

Niemals, sagt Herbert.

Der Boden, ein Aufprall. Etwas zerbricht und ich bin es nicht. Ich bin nur nass. Auf dem Boden liegen Scherben. Scherben, sage ich laut, damit ich es nicht vergesse. So viele Scherben und das Nachthemd ist nass. Meine Zunge ist so trocken. Angeschwollen klebt sie am Gaumen fest. Ich möchte etwas trinken, will um Hilfe rufen. Der rote Knopf ist so weit weg. Hängt überm Bett, baumelt über dem Kopfpolster. Voller Spott: Trau dich doch! Mindestens tausend Schritte durch die gelbe Wüstensandsahara. Ich spüre den Sand auf den Fußsohlen. So warm. Knopf, nicht Knoten, fällt mir ein. Ich ziehe eine knirschende Spur.

Ich erzähle der Ärztin, wie er mich vom fahrenden Zug gestoßen hat, einfach so, und jetzt sind die Füße zerschlissen, sie glaubt mir nicht. Egal.

Wie ich wie durch ein Wunder auf beiden Beinen aufgekommen bin. Neben dem Zug weiterlaufen, im selben Tempo, so schnell wie möglich mitlaufen, als ob da im Gleisbett keine Steine unter meinen nackten Füßen lägen. Nur nicht dagegenstemmen und anhalten und sich zu Tode überschlagen. Das ist Physik, sage ich, aber die Ärztin hört mir nicht zu, sie ist mit meinen Füßen beschäftigt. Schüttelt immer wieder den Kopf. Ich habe ständig das Gefühl, mich erklären zu müssen.

Die haben mir die Schuhe weggenommen, sage ich. Damit ich nicht fliehen kann. Früher, als ich noch wertvoll war für sie, ein Unterpfand. Wissen Sie, was ein Unterpfand ist?

Bettpfanne?, fragt sie. Hat sie mir zugehört?

Nein, was reden Sie denn da. Unterpfand habe ich gesagt.

Man muss in ihrem Rhythmus bleiben, wenn man überleben will. Mitlaufen muss man. Nein, ich habe die Steine nicht gespürt, ich habe nur meine Kinder gespürt. Die kleine Helene an meine Brust gedrückt, Lukas' Hand in meiner. Laufen und nur nicht loslassen, bis wir zu den Partisanen gekommen sind. Eine Hütte mitten im Wald. Dunkle Gesichter. Bärte. Gewehre an den Tisch gelehnt, griffbereit. Sie haben mir geglaubt, wegen der Kinder.

Fertig, sagt die Ärztin.

Nein, es hat nicht wehgetan, sage ich. Es ist ja auch schon so lang her. Und überlebt haben wir ja auch.

10

Helene hat einen Rollstuhl besorgt: Bis deine Füße verheilt sind.

Bist ein gutes Kind, sage ich. Sogar an einen Polster für mein Kreuz hat sie gedacht.

Warum sitzt du noch immer im Nachthemd da? Die sollten dich doch eigentlich anziehen. Bist du wenigstens gewaschen?

Anziehen? Ich verstehe nicht, was sie meint. Sie deutet auf mich her wie auf einen Briefkasten oder eine Straßenlaterne und ich greife nach dem Stoff, der auf meinem Schenkel liegt. Ich muss etwas in der Hand haben. Ich reibe den Stoff an meiner Haut. Ziehe ihn zum Knie vor, ziehe ihn zurück. Vor und zurück, vor und zurück. Wie die Wellen am Strand. Gleichförmig. Endlos. Vor und zurück.

Ich habe keine Zeit, sage ich, dein Vater wartet schon auf mich. Er hat doch diese Tageskarte besorgt. Die müssen wir ausnützen.

Natürlich wollte Helene wieder einmal nicht mitkommen. Angeblich hat sie niemanden für Alexander und Sophie gefunden. Was ist eigentlich mit deinem Mann, habe ich sie gefragt, aber bei dem Thema schweigt sie ja immer ganz verbissen. Was ist mit deinem Mann, habe ich diesmal insistiert, da hat sie endlich zugegeben, dass sie keinen Mann mehr hat. Ja, das habe ich beim Import-Export gelernt: Man darf nicht lockerlassen, sonst tricksen sie dich aus und am Ende bist du an allem schuld. Arme Kinder, habe ich zu Helene gesagt, da hat sie zu heulen angefangen. Sie war immer schon so sensibel. Ganz anders als Lukas. Ich kann nichts dafür, dass sie nicht mitkommen will. Ich werde den Tag in der Therme genießen. Ich liebe das warme Wasser. Vielleicht schwimme ich sogar ins Freie hinaus. Wenn sie nicht will, dann eben nicht, aber wenn sie glaubt, dass ich in der Sekunde vergesse, was jemand gesagt hat, dann irrt sie sich gewaltig. So weit ist es noch lange nicht.

Helene, sage ich. Wenn du nicht mitkommen willst, dann sag das doch einfach, das ist doch nicht schlimm. Aber du musst mich doch nicht andauernd anlügen.

Sie sucht nach wie vor im Kleiderschrank herum und tut, als ob sie mich nicht hören würde.

Wo ist mein Badeanzug? Weißt du das wenigstens?

Natürlich weiß sie das nicht. Sie kommt mit einem Morgenmantel daher und zwingt mir die Arme in die viel zu engen Ärmel hinein. Es ist ein schrecklich hässlicher Morgenmantel. Formlos und in einem nichtssagenden Beige, das mir nicht steht. Blass wird es mich machen. Noch blasser, als ich eh schon bin. Ich komme ja nicht mehr aus diesem Zimmer heraus.

So, auf geht's, sagt Helene. Sie hat sich über mich gebeugt, ich sehe einen dünnen Schweißfilm auf ihrer Stirn und über der Oberlippe glänzen die feinen Härchen. Sie strengt sich so an, die Arme. Ich lasse mir in den Rollstuhl helfen, ohne mich zu wehren, ja ich helfe sogar ein wenig mit. Wenn es ihr so viel bedeutet. Ich will ja nicht so sein.

Tun sie noch weh?, fragt sie.

Weh? Was?

Die Füße.

Warum sollten sie wehtun? Du tust mir weh, wenn du so an mir herumreißt.

Ist ja schon vorbei, sagt sie und ich hasse den Ton. Ich bin doch kein Kind. Sie ist das Kind. Das wenigstens könnte sie sich jetzt aber einmal merken.

11

Herbert hat mich aus dem Bett gestoßen. Er war so wütend, weil ich nicht aufgepasst habe. Hoffentlich habe ich mir nichts gebrochen. Achtsam muss man sein, aufpassen, was man sagt und wie man es sagt und was man für sich behält. Zur Sicherheit und an den Buben muss ich ja auch denken. Und dass mir keine Notlagen entstehen. Nur keine Notlagen. Wenn du jeden Groschen umdrehen musst, geht gar nichts mehr. Besser nicht zu viel und nicht zu wenig reden. Nicht zu oft und nicht zu selten. Und das Richtige muss es sein. Da kannst du hundert Fehler machen und ich mache sie. Ich mache jeden Tag hundert Fehler und Herbert muss das büßen, weil er eine Beistandspflicht hat, und weil ich auch eine Beistandspflicht habe, büße ich mit.

Beistandspflicht, hat der Anwalt gesagt.

Wenn es reicht, dann reicht es, hat Herbert gesagt. Und dass er kein Idiot ist.

Hoffentlich – ich greife mir auf den Bauch – hoffentlich ist dem Würmchen nichts passiert.

Das bedeutet mir viel. Du bedeutest mir viel, sage ich zu Herbert, weil er mir wieder so einen schönen Blumenstrauß mitgebracht hat, Rosen mit Schleierkraut wie damals zur Hochzeit, und Pralinen. Mon Chérie. Ich habe den Geschmack noch im Mund. Ich mag nur noch süße Sachen. Palatschinken zum Beispiel. Ich muss Manni das Rezept ins Heft schreiben. Und das mit der Schwangerschaft auch. Er soll wissen, was gewesen ist. Den Blumenstrauß habe ich getrocknet und aufgehoben, bis er mit den ganzen anderen Sachen verbrannt ist. Gut ist das.

Ich sollte Herbert das mit der Schwangerschaft sagen. Dann wäre er vorsichtiger mit mir. Das Lügen fällt mir schwer. Lügen haben kurze Beine, das hat schon meine Mutter gesagt, und dass ich kurze, stummelige Beine kriegen werde, wenn ich andauernd lüge. Meine schöne Mutter. Ich habe wirklich immer die Wahrheit gesagt. Ich strecke mich, ziehe das Nachthemd hoch: Schau doch, was für lange Beine ich habe.

Stimmt's, Herbert?

Ja, stimmt, sagt er.

Schlaf jetzt wieder, sage ich. Ich muss nach dem Buben schauen. Dass ihn der Krach nicht aufgeweckt hat. Was für ein Bub?, fragt Herbert. Er ist grantig. Er hat bald Schicht. Da muss er ausgeschlafen sein. Wenn der Einsatzleiter verschlafen ist, ist der ganze Einsatz für die Katz. Ich lasse ihm die Nachttischlampe brennen. Er kommt besser in die Höhe, wenn er beim Aufstehen etwas sehen kann. Der Bub hat das von ihm. Der kann ohne Licht nicht einmal einschlafen, vom Aufwachen ganz zu schweigen.

Herbert hat ein rotes Gesicht, schwarze Granatsplitter im Kinn. Als ob Krieg wäre, dabei ist doch Frieden. Frieden und Liebe und Grießschmarrn. Zwetschkenröster, das steht schon alles im Heft, daran kann niemand mehr rütteln. Was liegt, das pickt, habe ich nicht nur einmal zu Herbert gesagt, aber seit Tschernobyl ist er einfach extrem eifersüchtig. Als ob ihm die russischen Atome in den Leib gerutscht wären und einen gespaltenen Mann aus ihm gemacht hätten. Vielleicht waren wir auch einfach nur schon zu alt für das alles. Für das Kind, meine ich. Für Helene.

In Wirklichkeit ist es doch so, dass man nie weiß, was da so von oben herunterfällt. Was sie irgendwo in der Ferne in den Himmel hinaufblasen, was der Himmel dann mit sich trägt und weiterbringt, verwehen und dann genau über uns fallen lässt, weil es einfach zu schwer war. Lügen wiegen verdammt viel. Können dich das Leben kosten, mehr oder weniger. Eher mehr, sage ich. Das kommt dann über uns wie das, mit dem nie jemand gerechnet hat. So ein schönes Paar und so glücklich! Wir aber stehen blöd da, ahnungslos, blind und taub und stumm. Selbstvergessen und im Bauch sitzt die Wut und würde das Würmchen am liebsten ermorden. Wenn Blicke töten könnten! Ein Fußtritt und hoffentlich ist dem Würmchen nichts passiert.

Ich: Ich bin schwanger. Er: Von wem? Ich: Von dir.

Von mir sicher nicht, sagt Herbert.

Sicher schon, sage ich und greife mir auf den Bauch, weil sich da ein Schmerz bewegt. Ich breche auseinander. Genau in der Mitte. Muss mich entscheiden: Beine oder Arme, wegrennen oder zupacken. Das Kind greint vor sich hin und als niemand kommt, schreit es. Laut. Armes Kind, was tut dir weh? Wer tut dir weh?

Herbert erschrickt: Das wollte er nicht. Ich bin froh, direkt glücklich bin ich, das bedeutet mir sehr viel, sage ich, du bedeutest mir sehr viel, sage ich, und das Würmchen in meinem Unterleib atmet aus. Zum ersten Mal. Alles?, fragt Herbert. Alles, sage ich.

Ich müsste aufstehen und nach dem Buben schauen, ob er nicht aufgewacht ist von dem ganzen Krawall, aber ich schaffe es nicht. Die Knie tun mir so weh, dass ich sie nicht abbiegen mag, und die Füße brennen, als ob ich auf glühenden Kohlen gegangen wäre. Das muss ich der Ärztin sagen. Sie wird wissen, dass das von den Nerven kommt. Spitz zulaufen und brennen wie die Hölle, ja, das können sie. Die Ärztin ist nett und umsichtig ist sie auch. Sie ist eh viel besser als diese Oberärzte. Die haben ja doch nur das eine im Sinn. Sich selbst. Als die junge Ärztin mein Heft gesehen hat, hat sie, ich kann es kaum glauben, einen Kugelschreiber aus der Kitteltasche gezogen und neben das Heft gelegt. Wortlos, nur gelächelt hat sie. Sehr angenehm. Ob sie was mit Manni hat? Zusammenpassen würden sie. Sie kann ja nicht wissen, dass ich schon eine Füllfeder habe. Kalt ist es. Hoffentlich findet mich die junge Ärztin oder Manni, wenn ich irgendwann einmal nicht mehr aufwache. Ich sollte vor dem Schlafengehen Lippenstift auftragen, damit sie einen schönen Anblick haben. Bald, das wäre schön. Herbert ist schon längst unterwegs und hoffentlich hat er seine Jause nicht vergessen. Er vergisst immer alles, nur mich nicht. Mich vergisst er nie.

12

Ich kann nicht mit hinunterkommen, sage ich.

Schmerzen?, fragt Manni.

Ja, sage ich. Weil die Gehsteigkanten in Istanbul so hoch sind, da tut mir heute noch alles weh. Dort braucht man direkt eine Kletterausrüstung, damit man von der Straße auf den Gehsteig hinaufkommt. Und das ist wirklich wahr.

Seil und Haken braucht man da, sage ich und zeige Manni, wie ich in Istanbul auf die Gehsteige geklettert bin, und als ich mir die hohen Kanten und die Kletterausrüstung so richtig vorstelle, beginne ich zu lachen. Wie schnell man zu einer Comicfigur wird, sage ich. Ein gezeichnetes Strichmännchen, das in der Gehsteigwand hängt. Eigentlich ein Weibchen, das Geschirr so angelegt, dass es die Brüste wie zwei spezielle Berge zwischen den Gurten herausdrückt. Dazwischen der Meerbusen.

So viele Straßen! Und ein Verkehr war das wieder!

Manni war noch nie in Istanbul.

Ich erzähle ihm von meiner Freundin, die schon viele Jahre dort lebt. Eigentumswohnung, erkläre ich ihm, die haben dort gar nichts oder eine Eigentumswohnung. So ist das in Istanbul. Deshalb wird dort auch alles bewacht. Auch die Häuser. Manni versteht das.

Gated Community, sagt er, er hat also wirklich Ahnung. So viel Englisch kann ich auch noch.

Wie hier, sage ich und deute nach unten. Ein paar Stockwerke tiefer sitzt hier auch jemand in einer Glaskabine und passt auf.

Fast, sagt Manni.

Aber das Schwimmbad fehlt, sage ich. Bei meiner Freundin gibt es sogar ein Schwimmbad. Kann man aber erst am späten Nachmittag benutzen, erzähle ich und Manni hört zu, so richtig genau hört er zu. Weil es sonst viel zu heiß ist, sage ich und denke gleichzeitig, wie schön so ein Pool jetzt wäre. Dann erzähle ich ihm von der jungen Frau, die dort am Beckenrand gestanden ist. Sie steckte vom Kopf bis zu den Knöcheln in dunklem Stoff, nur das Gesicht und die Füße in Socken und Schlapfen waren zu sehen und der Blick. Dieser Blick ins Wasser, in dem die zwei Kinder geplanscht haben. Wie die vor Vergnügen gekreischt haben, wenn sie ihr Vater in die Höhe geworfen hat. Auch das Mädchen. Der Vater, so jung, selber noch ganz verspielt, sage ich zu Manni. Die Frau, so jung. Am Beckenrand in dem ganzen Gewand. Eine Schande, sage ich.

Manni nickt und sagt: Ja, schwierig.

Sehr schwierig, mehr als sehr schwierig, sage ich. Scheiß Religion, sage ich und Manni sagt: Kommt darauf an.

Es war einfach so heiß, sage ich.

Ja, sagt Manni, was für ein heißer Sommer das war.

Gehst du auch klettern?, frage ich.

Nein, sagt er.

Er ist nicht schwindelfrei, erfahre ich und kurz durchzuckt mich das Misstrauen. Wie ein elektrischer Schlag ist das. Warum sagt er das? Warum in dieser bestimmten Art? Hat er etwas zu verbergen? Der Ton, der Ton war komisch.

Kennst du wenigstens Taxim? Die Straßenbahn?

Nein, nicht einmal die kennt er, er war wirklich noch nie in Istanbul. Ich kann das gar nicht glauben, der arme Bub ist echt noch nie über den Bosporus gefahren. Ist noch nie weg vom festen Boden hinein in diese Fremde, die die Arme aufreißt, als hätte sie ein Leben lang auf dich gewartet. Die sagt: Endlich bist du da, alles ist bereit. Die sagt: Du wirst alles erkennen auch noch nach tausend Jahren und mehr, in denen du uns vergessen hast. Der Berg steht noch genauso da und hinauf führt die gewundene Straße und oben die Sender. So weit reichen sie und doch haben sie dich verloren. Bis heute. Jetzt bist du endlich da, drehst hier – und hier bist du zu Hause – den Kopf nach links und nach rechts, riechst die trockenen Nadeln der Bäume und trinkst den süßen Tee aus bauchigen Gläsern. Und unten im Wasser, das zwischen den Zeiten fließt, steht immer noch der Galataturm, in dem ein Mädchen gefangen war für viele Tausend Jahre. Keiner hat ihn eingerissen. Wie in einem Märchen ist das, sage ich, und dass jeder Mann und jede Frau einmal dort gewesen sein muss.

Wie Leander, sagt er und da weiß ich, dass er gelogen hat. Er war schon in Istanbul.

Das hätte ich jetzt nicht gedacht, dass auch du lügst, sage ich. Was bist denn du für einer!

Ein Leander?, sagt er und lächelt sein entwaffnendes Lächeln.

Die Tränen hat es mir in die Augen getrieben, als ich über die Bosporusbrücke gefahren bin. So viel Heimat auf einem Fleck, schon auf den ersten Metern, im Rücken die Häuser am Berghang, südliche Häuser, südliche Bäume, südliche Gärten mit südlichen Steinmauern und dann das Meer, das alles trennt und alles vereint in einem, und drüben die andere Welt, in Sichtweite, gleich sind wir da. Da sind mir die Augen übergelaufen. So unendlich und sanftmütig. Wild wird es erst, wo die Häuser aufhören. In der Ferne vielleicht heftige Stürme.

Ich bin doch schon viel zu alt, sage ich. Und ich sehe schon schlecht. Ich werde ihm den Gefallen nicht tun. Ich werde nicht in den Speisesaal hinuntergehen. So leicht bin ich nicht zu überlisten, noch nicht einmal mit Istanbul.

Nein, ich gehe nicht hinunter zu den ganzen alten tropfenden Männern und Frauen. Ich habe keinen Hunger. Und den Kaffee wird mir Lukas bringen, ich erwarte ihn sowieso jede Minute.

Und die Erdbeben?

Und ich: Wie anders als bebend lassen sich Wunder ertragen. Und noch viel mehr gibt es, über das ich schweigen muss. Vor allem über die wichtigen Dinge muss ich schweigen, damit sie mir keiner zertrümmert.

Ich weiß, woran ich bin. Ich vergesse nie, keine Sekunde vergesse ich, dass ich hier in einer Gated Community bin. Da sitzt an jedem Ausgang ein Wachmann oder eine Wachfrau. Ausgang, sage ich, und nicht Eingang. Das ist der Unterschied, Manni, und genau deshalb komme ich nicht mit.

13

Ich kann mich nicht erinnern, den Türsummer gedrückt oder *Herein* gesagt zu haben, trotzdem steht plötzlich diese Frau in meinem Zimmer. Eine viel zu enge Hose in einem schrecklichen Orange, ein vollkommen unpassendes rotes Oberteil dazu. Wo man so hässliche Sachen überhaupt kaufen kann, und die Qualität ist auch schlecht, das sehe ich sogar vom Bett aus! Über meinen Tisch wäre so eine Bestellung nie gegangen. Ganz hinten in der Schreibtischlade wäre sie gelandet und wenn jemand nachgefragt hätte, hätte ich von nichts gewusst. Treuherzig, als ob ich nicht einmal wüsste, wie man schwindeln schreibt, hätte ich dreingeschaut, wenn Werner extra noch einmal gekommen wäre, weil das doch nicht sein kann, dass so eine große Bestellung plötzlich verschwindet. Keine Ahnung, wirklich, hätte ich gesagt, und Werner hätte gesagt, dass er mir eh glaubt, weil er ja weiß, dass ich eine ehrliche Haut bin. Haut? Das wäre das Stichwort gewesen, weil er meine Haut ja besonders gern gehabt hat, speziell dort, wo sie ganz weich ist. Aber hart zupacken muss man halt auch können, das muss ich Manni noch in sein Heft schreiben. Weil sie dir sonst auf den Kopf scheißen. Die Stadtkinder wissen das nicht, die glauben, dass alles mit Liebe und Grießschmarrn geht. Genau, dort bei Liebe und Grießschmarrn werde ich es ihm hinschreiben.

Diese Frau heißt Amelie, sagt sie. Wie unpassend, sie sollte viel besser Herta heißen. Treffender wäre das. Wie grob sie ist, und außerdem habe ich sie im Verdacht, dass sie mein Handy gestohlen hat. Sie hat schon so ein verschlagenes Gesicht. Der Mund: schmal, die Augen: tief liegend, lauernd. Die Augenbrauen in einen dünnen Bogen gezupft und schwarz nachgezogen, um das alles noch zu betonen. Gestern oder vorgestern muss sie sich das Handy gegriffen haben, als ich eine Sekunde lang unaufmerksam gewesen bin. Vor ein paar Tagen ist es noch auf dem Tisch gelegen, gleich neben Mannis Heft. Da bin ich mir sicher. Dieses Amelie, was für ein schöner Name!, bringe ich um keinen Preis der Welt über die Lippen, also sage ich nichts. Ihre Hände sind rau, kratzig. Hertahände, die sich an mir zu schaffen machen. Ich muss den Kopf wegdrehen, damit ich nicht mitansehen muss, was diese Frau jetzt mit mir macht. Ich ziehe mich in meinen Seelenfriedhof zurück, bete ein paar Gegrüßet seist du, Maria und warte, bis das Ganze vorüber ist. Die wollen mir Windeln verpassen. Eh nur über die Nacht, hat diese schreckliche orange-rote Frau mit dem falschen Namen gesagt und ist über mich hergefallen. Ich werde mir das nicht gefallen lassen. Ich muss sofort Lukas verständigen, er wird das nicht zulassen. Oder ich sterbe. Ich halte einfach so lang die Luft an, bis ich tot bin.

Den Mund presse ich fest zusammen, damit sie mir keinen Schlauch hineinstecken können wie der Frau im Nebenzimmer. Vor ein paar Tagen – oder war es gestern? – bin ich nämlich zum Nebenzimmer geschlichen, weil ich keine Geräusche mehr gehört habe, nicht einmal Sessel wurden mehr gerückt. Nur noch Totenstille und die ist mir durch die Wand ins Zimmer gesickert. Da musste ich einfach nachschauen, bevor es mich erwischt. Ich bin also hinaus auf den Flur und habe mich so eng an die Wand gedrückt, bis ich unsichtbar war. So gut wie verschmolzen mit ihr bin ich an der Wand entlanggeschlichen, bis ich an der Tür war und sie öffnen konnte. Im Bett ist eine Frau gelegen und auf dem Fensterbrett, es war viel breiter als meines, stand diese Atemmaschine mit dem Schlauch. Die Frau, die neben dem Bett Wache gehalten hat, hat sich erschreckt umgedreht. Ihre Mutter wahrscheinlich. So besorgt! Sie hat sich den Zeigefinger auf den Mund gelegt und *Pscht* gesagt. Trotzdem ist die Frau im Bett wach geworden. Sie hat die Augen aufgemacht und sich als Erstes den Schlauch aus dem Mund genommen, als ob es das Normalste auf der Welt wäre. Dann hat sie sich aufgesetzt und kurz darauf ist sie aufgestanden und losgegangen. Einfach so. Richtung Tür. Sie hat ein schwarz-weiß gestreiftes Sakko getragen. Längs gestreift. Originell, habe ich gedacht, da hat sie sich zu mir und ihrer Mutter umgedreht. Sie gehe jetzt zu dieser Audition, von der sie sich so viel verspricht, wir sollten ihr Glück wünschen. Ihre Schritte waren voller Erwartung.

Am besten wäre, wenn ich einen Krampf kriegen würde, einen Lippenkrampf, weil dann geht gar nichts mehr. Da müssten sie mit dem Stemmeisen kommen und das trauen sie sich doch nicht. Wenn es nur nicht so schmerzhaft wäre. Aber einen Schlauch lasse ich mir nicht in den Mund stecken, wo ich doch eh schon längst dabei bin zu sterben.

Und sonst?

Da fällt mir der Tod ein und das Danach, das dann unweigerlich kommt. Erst kommt der Tod und danach das Danach, wenn nur alles so einfach wäre. Ich meine den Friedhof, irgendeinen, zur ewigen Ruh zum Beispiel. Ja, das wäre okay für mich. Geh, Bub, so schwer ist das doch nicht. Schau doch nicht so. Lass es einfach und mich auch gleich. Da sparst du dir viel. Es wird ja auch Helene mein Grab nicht pflegen und ihre Kinder sind noch zu klein. Und wer wird sich um Herbert sorgen? Vielleicht gehe ich zurück aufs Land. Ob sie dort Zedern haben? Früher gab es dort nur Buchen und Eichen und Fichten und Tannen. Und Ahornbäume und Eschen. Herbert hat jeden Baum gekannt. Ich will aber eine kleine Zeder, eine wie die, die wir in Istanbul gesehen haben. Herbert wird wissen, welche ich meine. Eine mit ausladenden Ästen, die mit ihrem

51

langen Gefieder kühle Luft über meine Erde fächelt, damit es mir nicht zu warm wird in der heißen Mittagszeit, wenn die Sonne direkt von oben kommt. Es ist doch so heiß geworden, direkt hitzig. Wegen der Klimaerwärmung ist das so. Ja, ich weiß das. Ich weiß viel mehr, als die alle denken, ich weiß auch, dass das alles nicht mehr besser wird. Nur schlechter. Bei der Klimaerwärmung und bei mir. Ich habe schließlich Augen im Kopf. Die Wiese unten im Park ist seit Wochen braun statt grün. Verbrannt. Wie meine Wohnung.

Federn, hast du gehört, sage ich.

Die schreckliche Frau mit dem falschen Namen hört mich nicht, obwohl ich laut und deutlich gesprochen habe. Sicher sind ihre Ohren voller Schorf. Ich packe sie am Arm.

Sie!, rufe ich. Können Sie mich nicht hören?

Einen kleinen Moment noch, sagt sie.

Und was passiert nach dem kleinen Moment? Kommt dann der große? Zerlegt sie mich dann wie Werner das Wild, wenn er es nach der Jagd in seiner Küche aufgebrochen hat? Ja, ich weiß, du hast es mir schon tausendmal gesagt: Die Leber kriegt immer der Schütze. Werner war bis obenhin voll mit fremden Lebern. Manchmal hat er deshalb sogar aus dem Mund gestunken, aber ich habe mir nichts anmerken lassen.

Jetzt: So viele Leute stehen im Zimmer herum, reden halblaut, schauen immer wieder zu mir. Achselzucken, nervöse, nein: entgleiste Blicke, die orange-rote Frau ohne Namen hält sich den Oberarm, ein junger Kerl steht bei der Tür und schaut auf sein Handy. Die junge Ärztin ist auch da, sie studiert etwas auf ihrem Tablet. Wahrscheinlich mich.

Der Verlauf ist bei jedem anders, sagt jemand.

Atypisch, sagt die junge Ärztin. Ich glaube, sie meint mich.

Ich schließe die Augen. Ich bin beruhigt, mit *atypisch* kann ich leben. Das bin ich gewöhnt.

14

Manni hat mich etwas gefragt, ich verstehe aber nicht genau, was er wissen will. Weil es mir durch den Kopf geht, sage ich einfach: Glaub ja nicht, dass du dich aus deinem Leben draußen halten kannst.

Bitte? Er schaut erstaunt.

Dich aus deinem Leben draußen halten, wiederhole ich.

Mach ich das?

Machst du das?

Du hast Fragen! Soll ich dir nicht lieber die Haare kämmen, bevor wir hinuntergehen?

Ich reiche ihm die Bürste, ich halte sie schon lang in der Hand, der Griff ist warm.

Aber vorsichtig, sage ich. Nicht, dass du mich skalpierst.

Aber nein, alles mit Liebe, sagt Manni und legt mir die Haare zurecht. Gleich wird die Bürste über meinen Kopf streichen. Ich mag das. Wie meine Mutter, die hat das auch gemocht, aber ihre Haare waren viel länger als meine. Dunkelbraun, glatt. Glänzend. Nie zerzaust oder gar verheddert: Inge, warum kämmst du deine Puppe, wo meine Haare doch viel schöner sind! Wenn ich sie frisiert habe, war sie anders als sonst. Noch schöner, aber auch noch trauriger. Auch ihre Stimme war anders, viel leiser, vorsichtig, als ob sie jedes Wort ausprobieren würde, bevor sie es ausspricht. Nur wenn ich mit dem Kämmen aufhören wollte, wurde sie wieder bestimmt: Nicht aufhören!

Ich bin ja schon wieder da, sagt Manni. Willst du es nicht einmal mit einem Kamm probieren, dir einen ins Haar stecken?

Warum denn das? Ich kann diese Kämme nicht leiden. Wo hast du die überhaupt her? Was hast du in meinem Badezimmer zu suchen?

Dass die Leute immer alles kaputt machen müssen. Sogar Manni. Ich sage nichts, weil es eh sinnlos ist. Soll er doch machen, was er will. Mir sind meine Haare eh vollkommen egal.

Was machst du eigentlich hier bei mir?

Ich besuche dich, das weißt du doch.

Glaub ja nicht, dass du weißt, was ich weiß.

Ich weiß alles, sagt er und lacht, aber ich lache nicht mit.

Du spielst mit dem Feuer, sage ich und denke an meine Wohnung. Wenn es nötig ist, greife ich zu allen Mitteln, auch zu den letzten. Das weiß der junge Kerl natürlich nicht. Das weiß niemand und so wird es auch bleiben. So blöd kann ich gar nicht werden, dass sich das ändern könnte. Die letzten Mittel stellen sich außerdem sowieso von ganz alleine ein. Da braucht es gar keinen Kopf mehr, der sie vorher denken muss, damit sie passieren können. Und Hände und Zündhölzer dazwischen braucht es genauso wenig. Was passieren muss, passiert.

Du besuchst mich nicht, es ist deine Pflicht, hier bei mir zu sein, sage ich, weil du ein gottverdammter Wehrdienstverweigerer bist.

Zivildiener, sagt er.

Wehrdienstverweigerer, sage ich. Ein Deserteur. Dienst an der Haarbürste statt am Gewehr.

Ich kenne diese Sprüche alle von Herbert. Herbert war ein Militarist, wobei er selbst nie Soldat war. Die haben ihn nicht genommen, warum, das hat er mir nie erzählt und ich habe auch nie gefragt. Mich hat das Militär nie interessiert. Ich bin froh, dass kein Krieg ist.

Heute kannst du es aber, sagt Manni und ich habe die Befürchtung, dass das jetzt eine Gemeinheit war. Ich reagiere nicht, ich warte ab, ob da noch etwas kommt.

Er schaut sich um, sein Blick gleitet über das Heft, sein Heft, als ob er es zum ersten Mal sehen würde. Auch das ist eine Gemeinheit. Manni? Ich spanne mich an, man muss sich wappnen.

Sein Blick kehrt zu mir zurück.

Was machen die Füße? Alles wieder gut?

Ja, alles wieder gut, sage ich. Gut ist immer gut. Was auch immer er mit den Füßen meint.

Er schaut auf die Uhr.

Ich soll dich zum Mittagessen runterbringen.

Im Leben nicht, sage ich. Ich habe keinen Hunger.

Ach Inge, sagt Manni. Fast tut er mir leid.

Mein Herbert war ganz früher ein Landtagsabgeordneter, noch am Land draußen. Er war der jüngste überhaupt, ein kleiner Landtagsratskaiser, aber ein Guter. Er hat es auf jeden Fall immer gut gemeint, erzähle ich Manni, um ihn von mir abzulenken. Es klappt, er hört mir zu.

Natürlich sind ihm alle in den Hintern gekrochen, wie das so üblich ist, und dann hat er sich dran gewöhnt und hat ihnen Wort für Wort abgekauft. Zuletzt hat er sich für den Größten gehalten. Da sind wir dann nach Wien gezogen, weil er dort noch weiter hinaufwollte. In Wien haben sie ihn dann aber dumm sterben lassen, er hat irgendeinen Fehler gemacht, hat auf den Falschen gehört wahrscheinlich, was weiß ich, eines Tages haben sie ihn dann einfach abgeschossen. Parteisoldat tot. Einsatzleiter ist eh auch schön, habe ich gesagt und habe bei Import-Export angefangen.

Merk dir das, sage ich. Morgen weiß ich es vielleicht schon nicht mehr. Merk dir vor allem, dass du dich an nichts gewöhnen darfst. Schon gar nicht an etwas Gutes. Schreib es zur

Sicherheit in dein Heft, sage ich. Es ist wichtig. Und wenn du fertig bist, gehe ich mit dir in diesen abscheulichen Speisesaal hinunter, obwohl ich keinen Hunger habe. Nur für dich mache ich das alles. Das ist dir doch hoffentlich klar.

Klar, sagt Manni, aber er lacht nicht. Ich bin irritiert. Keine Ahnung, was das bedeutet. Vielleicht sollte ich doch besser im Zimmer bleiben.

15

Er sitzt schon länger an meinem Bett und passt auf, dass das Fenster geschlossen bleibt, damit mir die russischen Atome nicht ins Zimmer kommen und hier bei mir weitermachen. Erst habe ich gedacht, dass es Herbert ist, aber Herbert hat festere Hände. Zupackendere. Ich will die Augen öffnen, aber die Lider sind so schwer, und wenn ich etwas sagen will, geht der Mund nicht auf. Meine Haut ist seltsam taub und trotzdem spüre ich, dass Manni an meinem Bett sitzt und dass er traurig ist. Die Luft ist viel zu schwach für diese große Traurigkeit, so liegt sie in meinen Händen. Wiegt schwer.

Wollen wir fliehen?, sage ich.

Wohin?

Nach Istanbul, sage ich.

Ich höre meinen Atem und seinen so eng an mir, als ob er neben mir im Bett läge, seine Arme um mich geschlungen wie zum Trost. Sie nehmen mir fast die Luft. Oder sind das bereits die russischen Atome? Ist er zu spät gekommen?

Meine Mutter ist gestorben, sagt Manni.

Mein Beileid, sage ich. Das geht automatisch, gelernt ist gelernt. Ich muss einen Kondolenzbrief schreiben. Lukas soll mir ein Billett kaufen. Eines mit einem schönen Spruch.

War deine Mutter auch so schön wie meine?

Weiß ich nicht, sagt Manni. Ich erinnere mich nicht an sie.

Ich versuche, mir die Decke von den Beinen zu strampeln. Sie ist viel zu warm und zu schwer für meine empfindliche Haut. Und dann noch dieser warme, traurige Körper neben mir.

Ruhig, sagt Manni. Alles wird gut.

Er nimmt auch meine andere Hand, streichelt sie und sagt immer wieder: Ich bin's doch.

Ich weiß aber auch so, wer er ist, und deshalb muss diese Windel ja auch weg. Eine Schande ist das. Eine Demütigung. Ich muss mit Lukas reden. Er muss das abstellen. Oder haben sie ihn schon erwischt, unschädlich gemacht? Ist auch er zu spät gekommen, hat er das Fenster viel zu spät geschlossen? Als die russischen Atome schon in der Luft waren? Lautlos eingeflogen? Das ganze Zimmer ist voll davon. Besser, ich bewege mich nicht. Besser, ich atme ganz flach.

Meine Mutter ist weggegangen, da war ich drei Jahre alt, Manni redet so leise, ich muss mich anstrengen, um ihn zu verstehen.

Wegen der Liebe war das, hat meine Oma gesagt.

Die Liebe ist eine Himmelsmacht, sage ich.

Eine ganz große Liebe war das und viel zu weit weg von mir. Da hat mich meine Oma genommen.

Er sollte nicht so viel reden. Mich strengt das an. Er sollte sich besser neben mich ins Bett legen, eng an eng. Wenn da nur nicht diese Windel wäre. Ein Schandmal zwischen meinen Beinen. Bleib mir vom Leib.

Mach das weg, sage ich, aber sofort.

Alles wird gut, sagt er.

Nichts wird gut, sage ich. Solang ich diese gottverdammte Windel zwischen den Beinen habe.

Ich bin's doch, sagt Manni.

Ich weiß, sage ich, aber er kann mich nicht hören. Ich kann meinen Mund nicht öffnen, genauso wie die Augen. Ich schaffe es nicht, die Lider zu heben. Viel zu schwer sind sie, viel zu beladen. Wie ein Albtraum ist das alles, nur dass es die Wirklichkeit ist. Mannis Hände sind so jung und so traurig.

Ich bin traurig wie du, sage ich, obwohl du neben mir im Bett liegst, deine Arme um mich geschlungen. Du hältst mich so fest, dass es mir fast die Luft abschnürt, und wir werden trotzdem nicht eins. Nie, sage ich.

Meine Oma hat mich aufgenommen wie eine Mutter, sagt Manni.

Du hättest sie suchen sollen, sage ich. Kein Land ist zu weit weg, keine Himmelsmacht hätte dich abhalten sollen, deine Mutter zu suchen.

Jetzt ist es zu spät, sagt Manni.

Es ist nie zu spät, sage ich.

Sie hätte nicht weggehen dürfen, sagt er.

Bleib da, sage ich.

Alles wird gut, sagt Manni und lässt plötzlich meine Hände los. Ich erschrecke so sehr, dass ich mich fast durch die Wand hinüber auf die andere Seite verliere, doch da spüre ich seine Hände wieder, jetzt auf meiner Stirn. Er streicht mir die Haare aus dem Gesicht.

Bleib, sage ich. Bitte bleib doch.

16

Helene ist mit beiden Kindern gekommen, sie hat sie mir direkt ans Bett gestellt, wie zwei Delinquenten stehen sie da. Der Bub hat einen ganz besonderen Stein für mich, einen Glücksstein, sagt er, und Sophie hat ein Bild gemalt. Es soll sie darstellen und ihre Mutter und ihren Bruder und ihren Vater und mich.

Und wo ist dein Großvater?, frage ich.

Die Kleine schaut Hilfe suchend zu Helene, die sagt irgendetwas, das ich nicht verstehe. Sie hat immer schon undeutlich gesprochen. Die Kleine scheint aber zufrieden zu sein.

Du hast deinen Großvater vergessen, sage ich noch einmal. Vielleicht hören die beiden ja schlecht.

Sie hat ihn doch gar nicht mehr kennengelernt, sagt Helene. Ich mag es nicht, wenn sie so redet. Wenn es sich wie ein Seufzen anhört.

Liebes Kind, denke ich, ich habe auch Sorgen und lass ich es mir anmerken? Nein!

Ich wende mich lieber Alexander zu. Sein Stein ist rund und glatt, er liegt gut in der Hand.

Wenn du ihn nass machst, schaut er anders aus. Viel schöner. Wie bunt.

Ich beschließe, ihn Tränenstein zu nennen und nicht mehr aus der Hand zu geben. Nicht, dass sie mir den auch noch wegnehmen. Wie das Handy.

Eine von den Orangenen hat mir das Handy weggenommen, sage ich zu Helene, als sie wieder da ist. Sie war mit Sophie am Klo.

Sophie ist jetzt auch schon in der Nacht trocken, sagt sie. Die Kleine schaut mich erwartungsvoll an und ich weiß nicht, worauf sie wartet, also schweige ich. Kein Wort über mein Handy, es interessiert Helene nicht. Vielleicht war sie es, die es eingesteckt und mitgenommen hat.

Schöner Stein, sage ich zu Alexander.

Als Herbert gestorben ist, hätte ich so einen Stein gebraucht. Schön war da nämlich gar nichts außer den vielen Blumenkränzen, sogar mein Import-Export hat einen geschickt, und außer dem Wetter, das war auch schön. Herrliches Maiwetter. In der Luft schon der Rosenblütenduft. So viele Kränze, so viele Grabgeher. Hinter-dem-Sarg-Hergeher. Und dann war alles vorbei. Nur die Mulde in der Couch an seinem Stammplatz, die hat er mir zurückgelassen wie sein Rasierzeug, sein Aftershave, seine Zahnbürste. Sein Kaffeehäferl und das Messer, das Einzige in diesem Haushalt, mit dem man schneiden hat können. Wie seine Schuhe, an der linken Seite schief abgetragen. Einlagen hätte er nehmen müssen, aber die Meinung von Ärzten hat Herbert nie interessiert, und als es mit ihm zu Ende gegangen ist, haben sie auch nichts mehr machen können. Seine Hosen, Hemden, T-Shirts, Pullover, Socken und Unterhosen, sein Mantel, seine Jacken und sein Daunenanorak für die ganz kalten Wintertage, und seine Bettseite. Sein Kopfpolster mit seinem Geruch. Schweißnass war der Polster nach jeder Nacht, besonders in den Wochen nach der Chemo. Der zweite Polster im Kasten. Seine Bücher, Reiseführer in die ganze Welt hat er mir zurückgelassen, als ob mich die Welt je interessiert hätte. Seine Tabletten, ein Vorrat für einen Monat. Ja, plötzlich hat er alles geschluckt, wenn es ihm nur jemand auf einen Zettel geschrieben hat. Die Liste, auf der alle Medikamente verzeichnet waren. Der Kugelschreiber daneben, ein Werbegeschenk von seinen Weggefährten, so haben sich seine

Parteifreunde auf einmal genannt. Den Kugelschreiber und die Liste habe ich als Erstes weggeworfen, da war der Leichenwagen noch nicht einmal ganz ums Eck gebogen. Hoffentlich zieht es dort nicht, er ist doch so empfindlich gegen Zug, habe ich gedacht, und dann ist mir eingefallen, dass das von jetzt an keine Rolle mehr spielt.

So ein Tränenstein ist ein sehr praktisches Geschenk, sage ich und Alexander nickt.

Rosa und lila Linien kriegt er, wenn er nass ist.

Schön, sage ich, da freue ich mich schon drauf.

Helene ist unruhig. Was will sie denn. Sie ist immer so nervös. Das tut mir nicht gut.

Nein, sage ich, ich gehe nicht hinunter ins Café. Zu viele Leute. Lauter Verrückte.

In den Park? Wir können den Rollstuhl nehmen, wenn dir das bequemer ist. Da gäbe es doch auch den Spielplatz für Sophie.

Sie, Helene, wäre ruhig geblieben – ganz anders als Sophie. Statt zu zeichnen, schaukelt die Kleine mit dem Sessel, bald wird sie umkippen, ein paar Zentimeter noch. Mit Helene hat man überall hingehen und auch bleiben können. Sie war ein braves Kind, wenn nur dieses Lügen nicht gewesen wäre.

Helene starrt mich an. Was will sie?

Gut, sage ich, damit das Starren aufhört. Gut ist immer gut.

Helene schiebt den Rollstuhl ans Bett, ich setze mich auf.

Du bist so mager, isst du auch genug? Und was ist mit dem Trinken? Trinkst du genug?

Mach dir keine Sorgen, sage ich und stehe auf. Ich brauche auch keinen Rollstuhl, nur die Haare müsstest du mir noch bürsten. Nicht dass ich am Hinterkopf so verknotet bin wie diese Frauen, die den ganzen Tag nur im Bett liegen.

Mach ich gern, sagt Helene.

Darf ich auch?, fragt Sophie.

Nächstes Mal, antwortet Helene, heute bin ich dran. Sie freut sich. Ihre Stimme ist nicht mehr so verhangen und die Augen sind dunkler, kräftiger, lebendiger als zuvor.

Ich habe jemanden kennengelernt, sage ich, als sie mit der Bürste aus dem Bad kommt. Er heißt Manfred. Manni, sagen seine Freunde.

Kenne ich ihn, fragt sie.

Nein, sage ich. Er ist von hier.

17

Nur ein kleiner Ausflug, sage ich und nicke im Vorbeigehen der Frau an der Rezeption einen Gruß zu, freundlich wie immer, doch sie ruft mir nach: Ja Frau Heiligstetter, Sie können doch nicht alleine losgehen!

Als ob das eine passende Antwort wäre.

Den Rest überhöre ich geflissentlich, aber ich beschleunige meine Schritte. Instinktiv mache ich das und es ist auch ein angenehmes Gefühl: fester Boden unter den Füßen! Am liebsten würde ich mir die Socken ausziehen und in die Wiese steigen wie früher, aber ich bin kein Kind mehr und zu Hause bin ich hier auch nicht. Das Gehen fällt mir auch viel schwerer als sonst. Ich muss anhalten, weil mir die Luft ausgeht. Ich bin aus der Übung, außerdem sind meine Schritte ziemlich schnell gewesen, als ob ich es eilig hätte. Als ob ich etwas Wichtiges vergessen hätte. Ich überlege – dieselbe Eile, immer diese Hektik im Kopf –, aber mir fällt nichts ein. Was hätte ich hier tun wollen? Was könnte ich hier vergessen haben? Was ist so wichtig, dass ich kaum mehr Luft bekomme?

In letzter Zeit bin ich ein wenig vergesslich geworden. Sehr lästig ist das, aber ich komme zurecht. Herbert macht mir größere Sorgen. Denk nicht an Herbert, denk lieber nach: Was könnte ich vergessen haben? War ich überhaupt schon einmal hier im Park, wo ich doch die meiste Zeit im Schwimmbad verbracht habe? Schließlich haben wir das Hotel nur wegen seiner schönen, großen Poolanlage ausgesucht.

Ich gehe weiter, deutlich langsamer. Ich rede mir gut zu. Dass ich mich doch nicht so beeilen müsse, dass ich doch

Urlaub hätte, dass sie beim Import-Export auch ohne mich zurechtkommen würden. Auch Werner wird es ohne mich schaffen. Es nützt nichts, die Luft bleibt schwer, bleibt viel schwerer als das Wasser im Pool, das mich trägt, wo auch die Luft über mir schwerelos ist. Bis zum Umfallen möchte ich atmen können, denke ich, da muss ich wieder pausieren. Nur ein paar Minuten stehen bleiben. Zwei Männer stehen vor einem Baum und blicken angestrengt ins Geäst hinauf. Ich folge ihren Blicken. Der Jüngere hat eine lange Stange mit einer kleinen Säge an der Spitze in der Hand, sie reicht bis in die Baumkrone.

Sie werden den Baum doch nicht umschneiden!, sage ich. So eine schöne Akazie!

Ich hätte Herbert mitnehmen, ich hätte ihn zum Mitgehen zwingen sollen. Bewegung, frische Luft. Das wäre es gewesen. Er hätte den Burschen die Leviten gelesen, mich lächeln sie nur an, als ob ich einen Witz gemacht hätte, über den man nur aus Höflichkeit lacht. Herbert müsste endlich zum Arzt gehen, wenn er andauernd schläft, hat der schönste Urlaub keinen Sinn.

Im Übrigen schneidet man Bäume nicht vom Wipfel her, sage ich noch, achte aber nicht weiter auf die Reaktion der beiden Männer, ich gehe einfach weiter, als ob sie nie existiert hätten. Lautes Rufen lässt mich erneut anhalten, ich drehe mich um: Zwei Männer in der orange-roten Personalkleidung laufen den Kiesweg entlang und rufen laut: Frau Heiligstetter, Frau Heiligstetter, so warten Sie doch!

Also bitte, das geht jetzt aber wirklich zu weit. Ich schaue mich um, zum Glück ist außer mir kaum jemand unterwegs. Gut, dass ich so früh losgegangen bin. Ich schlage einen Haken und laufe quer über die Wiese, um schneller zum Ausgang zu kommen, da packt mich jemand am Arm. Ich schlage um mich, aber gegen die zwei Männer habe ich keine Chance. Unglaublich. Wie eine Verbrecherin werde ich ins Hotel zurückgeschleppt.

Das wird ein Nachspiel haben, da können Sie sicher sein, sage ich zu dem Orange-Roten, der an meiner linken Seite geht. Ein widerlicher Kerl mit einem Griff wie ein Schraubstock. Und so einer geht an meiner Herzseite. Wenn das nur gut geht.

18

Zeigefinger und Mittelfinger sind blau gefleckt. Tinte. Ich habe
die ganze Nacht geschrieben. Nachtblätter wie die vom Gink-
gobaum: tausendjähriges Leben, wenn du nur den richtigen
Ton triffst. Die richtigen Worte. Die richtigen Leute.

Nachtblätter, beschrieben mit mir unbekannten Worten.
Nachtworte, Machtworte, Dunkelheitstickets, die am Tag nicht
gelten. Viel zu hell. Am Morgen weißt du von nichts und die
Ärzte auch nicht.

Ich war so voller Überschwang, ich war so voller Mut.

Lesen müsste man können, sage ich.

Sie kooperiert nicht, sagt einer. Schlechte Phase.

Sei still, sie kann dich hören, sagt ein anderer und schaltet
den Fernseher ein, aber er schweigt. Der Ton ist ihm ausgegangen. Es geht auch ohne. Ohne Ton und ohne mich. Das tut
weh. Die Bilder bleiben: Krieg. Vor der Haustür und dahinter.
Immer nur Krieg und Elend. Wohin man schaut.

In meinen Augen bewegt sich etwas, es kratzt. Wie Billardku-
geln rollen meine Augen hin und her, wetzen sich hinter meinen
Lidern ihre Scharten ab. Glatt wollen sie sein. Schön glänzen wollen sie. Ohne Scharten wollen sie sein und nur Schönes wollen sie
sehen. Schön Glänzendes ohne Scharten. Ohne Einschusslöcher.
Ohne Fehl und Tadel. Die Augen sind schwer, ich muss mich
zurücklehnen, um sie zu ertragen. Und dann diese Übelkeit. Und
das Zittern und die vielen Geräusche ohne Tonspur. Es könnte
doch auch Nacht sein oder Abend. Dunkelheit und niemand ist
da, der mir die Hand reicht. Ich habe einen breiten Rücken, ich
weiche zurück, bis ich an die Balkontür stoße. Anstehen.

Was wollen sie. Ich werde kein Wort mehr sprechen. So viele Ohren und keines ist offen. Nur Neugier. Menschenfresser, Schicksalsfresser.

Wenn Worte auseinanderfallen. Springbrunnen. Flutlicht. Scheinwerfer am Himmel. Suchscheinwerfer, mich finden sie nicht. Nur noch Katastrophen. Wer hält das aus. Das Wasser verschlammt. Der Himmel in Sturmfetzen zerfallen. Fakten, Sturmfakten und Fluten. Wassermassen. Menschenmassen, Schlammmassen. Massengräber und das alles schwemmt es dem Sturm in sein offenes Maul. Sattsam. Nie sattsam. Kommt immer wieder wie der Teufel, der ständig neue Opfer braucht. Je mehr, je besser. Die Gier hat ein großes Maul, und diese Gier redet nach der Schrift. Kommt hoch dahergetrabt und das in einem Takt, bei dem dir der Klopfstock quer im Hals stecken bleibt. Würgen verboten, Lächeln erlaubt. Reiten und vom Hochstand schauen, den Anstand halten, in den Himmel jubilieren, Tagestickets lösen und ab durch die Mitte. Lauter Grabreden, aber niemand glaubt mir. Ich ducke mich weg.

Du lügst.

Ich sitze in einem versperrten Zimmer und schaue TV. Graues Fernsehen. Die Farben haben sie mir genauso genommen wie den Ton. Ich ignoriere das, wie ich alles ignoriere. Ich reibe meine blauen Finger, ich trinke das Wasser, ich nehme Tabletten. Beiße in ein Stück trockenes Brot.

Ich lüge ununterbrochen. Die Lüge ist mir in die Wiege gelegt worden. Unterm Kopfpolster ist sie gelegen, um das Kind vor dem plötzlichen Kindstod zu beschützen. Paradox. Eine klein schwarze Hexe mit stechenden Augen. Augäpfel zum Reinbeißen. Augenlider zum Anmalen, so viel Verzweiflung. Eine Lüge und noch eine und ihre Fortpflanzung bis in alle Ewigkeit. Ich erzähle und erzähle, eine Lüge verkeilt sich in die nächste, ein fortdauernder Geschlechtsakt. Eigenjagd, nicht Entenjagd, im Hinterland.

Stolz hängt wie Weihnachtslametta vom Baum. Bei der nächsten Flut reißt es ihn um. Da treibt er dann wie ein lamettabehängter Rammbock übers schlammige Land. Trifft punktgenau ins Gemächt. Die Männer heulen auf. Die Frauen weinen.

Die Tür schlägt zu. Von außen. Gut ist das. Nur ein paar Augenblicke hängen noch im Raum. Die sind auch bald vorbei.

Ich strecke meine Beine. Sie sind lang wie die von einem Mannequin. Ich bin perfekt.

19

Ich bin auf meinem Herbert gepickt wie ein Kaugummi, aber Helene ist trotzdem nicht von ihm, hörst du?, sage ich zu Manni und der macht große Augen.

Helene ist in Wirklichkeit ein Produkt vom Import-Export, denke ich und kichere kindisch, obwohl ich deswegen ein schlechtes Gewissen habe. Über so etwas lacht man nicht kindisch in sich hinein. So etwas ist ernst.

Manni holt Luft. Er ist perplex, damit hat er nicht gerechnet.

Ist besser so, sage ich. Ich war gern in der Firma. Chefsekretärin, kennst du Chefsekretärin überhaupt noch? Er bejaht.

Und weil ich grad dabei bin: Du musst nicht glauben, dass ich lüge, nur weil ich etwas Seltenes gesagt habe. Ich bin auch nicht … Ich klopfe mir mit dem Zeigefinger einen Vogel auf die Stirn. Ich habe das mit Helene nur vergessen gehabt. Vergessen kann zur Gewohnheit werden. Schreib das in dein Heft. Es ist wichtig. Wenn du das vergisst, vergisst du alles andere auch, und wenn du es bemerkst, ist es zu spät. Kennst du Helene überhaupt?

Die Schwarzhaarige mit den beiden Kindern?

Genau.

Schaut nett aus.

Das ist sie, aber gut geht es ihr trotzdem nicht. Sie war aber schon ein komisches Kind. So verlogen. Es reicht halt nicht, nett zu sein, nicht in diesem Leben und im nächsten auch nicht. Das hat Herbert auch immer gesagt. Man muss schon auch was auf die Matte bringen, was Richtiges, hat er gesagt. Am besten sich selbst. Und genau das hat sie nie geschafft. Immer nur Träume, nichts als Träume, dieses Kind. Erst hat sie wie verrückt gelogen, und als das nicht mehr funktioniert hat, ist sie nett geworden, das Lügen ist ihr trotzdem hängen geblieben. Reine Gewohnheitssache, und Gewohnheitssachen mit ein bisschen Nett garniert sind einfach zu wenig. Verstehst du?

Nein, Manni versteht nicht. Er steht da wie ein Fragezeichen.

Bub, sage ich. Was stehst du da wie ein Fragezeichen. Hast du nichts Besseres zu tun? Wo ist mein Handy? Ich will mein Handy wiederhaben und die Balkontür sperrt ihr mir auch wieder auf, sonst beende ich das hier. Nur dass ihr es wisst. Warum bist du überhaupt da? Nägel schneiden? Vergiss es, nicht schneiden, lackieren! Und dreimal die Woche Ausgang. Mindestens. Sag das der guten Frau da unten in ihrem Glaspalast. Nicht, dass sie mir wieder die Hunde hinterherhetzt.

Hör doch, sage ich, sie klopfen schon!

So ein Tatendrang am frühen Morgen? Ein junger Mann mit hochgebundenen Haaren kommt herein. Er erinnert mich an Manni.

Und was wollen Sie hier?, frage ich.

Ich bin's doch, sagt der junge Mann und da erkenne ich ihn wieder. Es ist tatsächlich Manni, er hat nur eine andere Frisur.

Wieso das?, frage ich und deute auf den Kopf. Seit wann haben Männer einen Dutt?

Gefällt er dir nicht?, fragt Manni und ich: Geht so.

Hast du eigentlich eine Freundin?

Neugierig bist du heute auch?

Er ist gut aufgelegt. Er ist besonders hübsch, wenn er gut aufgelegt ist. Da lacht sein ganzes Gesicht, was sage ich, da lacht sein ganzer Körper.

Immer doch, sage ich, weil gute Laune ansteckend ist.

Ich hätte sie ihm auch verderben können. Hätte ihm die Wahrheit sagen können. Dass ich überhaupt kein Krankheitsfall bin, dass ich hier eigentlich gar nicht hergehöre. Dass ich gar nicht zu ihm gehöre. Nicht in seine Hände gehöre. Wie schön das klingt: in seine Hände gehören. Fast wie Werner. Der hat solche Sachen gesagt. Also am Anfang hat er solche Sachen gesagt.

Ich war so voller Tatendrang, ich war so voller Lust.

Du bist also auch neugierig? So richtig neugierig? Mit Internetstalken und so?

Manni holt sein Handy aus der Hosentasche und zeigt auf das Display. Ich nicke. Er grinst.

Das hätte ich jetzt nicht gedacht, sagt er.

Ja, die Wahrheit tut weh, sage ich wie immer, wenn mir nichts Gescheiteres einfällt.

Die Wahrheit tut gut, sagt Manni und lächelt entwaffnend.

Da kann ich nicht anders: Ich lächle zurück.

Auch ein Lächeln kann den Worten, kann den Menschen den Boden wegziehen.

I

Lieber verrückt als alt werden.

Nur mit Lügen geht das, sage ich.

Den Worten einfach fremde Kinder unterschieben, Kuckuckskinder.

Der Freiheit die Fesseln, den Fesseln die Freiheit. Der Liebe die Gemeinheit, der Gemeinheit die Liebe. Der Lüge die Wahrheit, der Wahrheit die Lüge. Das geht im Handumdrehen.

In Wahrheit aber ist Herbst. Er steht am Himmel mit seinem klaren Blick. Sieht die schwarz glänzenden Brombeeren und die vom letzten Regenguss gebeugten Rosenköpfe, sieht die Porreestangen im Garten der Mutter, wie Soldaten stehen sie da, nur der

Kopfschmuck hängt müde zum Boden hinunter. Spät ist es schon geworden. Die Blätter vom Kren stehen breit da. Hoch aufgerichtet. Wichtig. Die Abendsonne ist mild. (Besser mild als die Achtsamkeit mit ihrem strengen Blick. Sie schaut so scharf und schließt jede Tür, die kein ordentlich beschriftetes Schild hat. Herumgeschmiert wird nicht! Und ja keine Schlieren, wir sehen alles! Da ist kein Auskommen, so gerecht ist die Achtsamkeit, dass es wehtut. Besser mild.)

Nur nicht blöde werden.

Die Wut der frühen Jahre trocken wie altes Brot hinuntergeschluckt, und dann warten, bis sie wieder daherkommt: fermentiert, als Liebe zu den Kindern und Kindeskindern würgst du dir den letzten Rest Leben aus dem Leib, bis es dann vorbei ist: Endlich so alt, dass ich vollkommen nutzlos bin. Das Zuhause, auch das der Kinder: verbrannt. Die Kindeskinder: Ich werde ihre Gesichter nicht erkennen. Ich werde sie vergessen. Denn das Vergessen haben wir gründlicher als alles andere von unseren Müttern gelernt und die haben es von ihren Müttern gelernt und die Väter und die Väter davor? Ich kenne sie nicht. Ich kenne nur Männer. Gern stehen sie da wie die Blätter der Krenwurzen ganz hinten im Garten der Mutter der Mutter am anderen Ende vom Dorf. Breitbeinig. Hoch aufgerichtet. Wichtig.

20

Als ich vom Speisesaal zurückkomme, begegnet mir die Frau mit dem schwarz-weiß gestreiften Sakko. Sie ist nachdenklich, in sich gekehrt, wie in sich hineingefallen, also will ich ihr heraushelfen, was ihr aber nicht gefällt. Warum ich sie anremple, fragt sie unfreundlich, und ob ich vielleicht nicht alle Tassen im Schrank hätte.

Bitte? Was unterstellen Sie mir, antworte ich. Ich bin eine ordentliche Person. Immer gewesen. Mein Haushalt: picobello. Es dauert einige Zeit, bis ich merke, dass die Gestreifte eine Deutsche ist.

Ach so, denke ich. Solche Tassen meint sie und dieser Schrank, das ist dann der da oben, denke ich und finde die Vorstellung lustig: ein Hirnkastl, vollgestellt mit Kaffeehäferln, vielleicht ein kleiner Vorhang davor. Ich übergehe also die komische Reaktion der Deutschen auf meine Hilfsbereitschaft und frage sie, wie die Audition war.

Weiß ich nicht, antwortet sie und setzt sich plötzlich auf den Boden. Ich beobachte sie, wie sie sich umständlich nach hinten bewegt, bis sie an die Wand anstößt. Die Wand im Rücken kauert sie mit angezogenen Beinen auf dem Boden, versteckt den Kopf in den verschränkten Armen, ihre Haare fallen in alle Richtungen, wie ein zerrissenes Netz bedecken sie die Frau. Was macht sie da? Jemand müsste sie frisieren, das wäre das Mindeste.

Da beginnt sie vollkommen überraschend zu weinen und auf einmal bekomme ich Zwillingsgefühle. Hocke mich neben sie und lege meinen Kopf wie sie auf die verschränkten

Arme. Ich merke, dass auch ich zu weinen beginne. Tränengetröpfel. Stetig. Ich finde das angenehm. Wie sanftes Frühlingsregnen.

Hast du Kinder?, frage ich und die Deutsche gibt ein Geräusch von sich, das Ja bedeuten könnte. Oder Nein?

Ja oder Nein?, frage ich.

Eines, sagt sie. Mindestens.

Na bitte, sage ich, das ist doch schon mal etwas.

Schönes Sakko, sage ich dann und während ich das sage, packt mich plötzlich ein Schluchzen. Keine Ahnung warum.

Kinder?, sagt da die Deutsche zu mir.

Ja!, rufe ich und erschrecke, weil ich so laut gerufen habe. Als ob es um mein Leben ginge, so hat sich das angehört.

Die sind das Leben, nicht wahr? Die Deutsche scheint Gedanken lesen zu können.

Sie hat zu weinen aufgehört und mir einen kleinen Stoß gegeben, damit ich auch aufhöre. Sie nimmt die Arme von den Knien, lehnt sich an die Wand, locker, lässig, als lehnte sie irgendwo in der Heide an einem Baum, einem Sommerbaum, und ich tue es ihr nach.

Das Leben, sage ich. Was ist schon das Leben.

Die Deutsche atmet ein und aus, ein und aus, ein und aus: Das ist das Leben, sagt sie. Das und die Kinder.

Wie traurig, sage ich.

Tatsachen sind Tatsachen. Mehr ist da nicht. Das musst du in deinen Kopf hineinbekommen, dann wird es leichter. Mit den Jahren wird es leichter.

Was wird leichter?

Das Aufhören.

Schönes Sakko, sage ich.

War für eine schöne Rolle.

Hast du sie bekommen?

Weiß ich nicht. Eher nicht. Ich habe Schwierigkeiten mit meiner Sprache. Ist zu deutsch.

Ich nicke, bis mir schwindlig wird.

Ich muss jetzt gehen, sage ich. Viel Erfolg noch.

Danke, ebenfalls, sagt die Deutsche, verschränkt ihre Arme wieder über ihren angewinkelten Knien, schaut mir nach und ruft: Es war keine Audition, es war eine Anhörung!

II

Die Deutsche sitzt am Flur und weint. Als ich mich neben sie setze, erzählt sie mir ihre Geschichte. Immer wieder Atemnot, unter Wasser steckt sie, eine Arielle im Buntbarschkleid. Zebrastreifen. Ich zupfe ihr die Fischhaut zurecht, sie schaut mich mit großen Augen an. Sie macht das gut.

Du wirst deine Rolle kriegen, rede ich ihr zu. Am Ende wird alles gut.

Sie nickt, aber ihre Augen schweigen. Großflächig mit Reflexionsflecken vom Licht. Wie lebendig. Wie tot. Wie lebendig gemalt.

Geht's wieder?, frage ich. Kann ich gehen?

Nie mehr, sagt sie.

Endlich, denke ich, endlich redet sie.

Stell dir vor, sage ich, das Schneckenhaus war bewohnt! Der Bub hat das aber erst zu Hause bemerkt. Helene ist fast verrückt geworden. Sie regt sich immer so schnell auf. Der Bub hat sich die Schnecke über den Handteller kriechen lassen.

Escargot, sagt die Deutsche und erzählt mir von einem Urlaub in Frankreich. An der Südküste. Wilde Pferde und rosa Flamingos hat sie gesehen. Sie hat eine angenehme Stimme.

Ich mag Pferde, sage ich.

Nachtschriften, hell, mit tintenblauen Fingern auf schwarzes Papier geschrieben. Das Wummern lässt nach. Sie haben die Maschine abgestellt. Die Deutsche zieht das Sakko vor ihrer Brust zusammen, als ob sie frieren würde.

Aufs Erste ist es kalt, aber das vergeht, sage ich.

21

Ein Musiker mit einem Stoß Notenblätter auf dem Schoß legt sich das oberste Blatt zurecht und beginnt, seinen Kopf und einen Arm im Takt zu bewegen. Mit dem Mund formt er Töne, die er aber bei sich behält. Schließlich sitzen wir in einem Wartezimmer. Ich muss verkabelt werden, damit sie mein Herz unter Kontrolle bekommen. Sie wollen immer alles unter Kontrolle bekommen. Sie erinnern mich an Herbert.

Das muss sein, wegen dem Herz muss das sein, hat die Orange-Rote gesagt und mich in die Ordination gebracht. Ich glaube, es war die Ungarin. Sie hat sich so demonstrativ auf die rote Brust geklopft, dass ich am liebsten *Herein!* gerufen hätte. Wer weiß, wie sie mir das wieder ausgelegt hätten! So habe ich nur *Ich verstehe schon* gesagt. Unwirsch, weil die Ungarin so langsam gesprochen hat. Langsam und laut redet sie mit mir. Sehr anstrengend.

Ich bin trotzdem mitgegangen.

Ich sitze im Wartezimmer.

Mein Herz klopft wegen der Verkabelung.

Wir mögen das nicht, aber es hilft nichts, was sein muss, muss sein.

Nichts hilft mehr, nichts mehr muss sein, nichts mehr ist, denke ich, aber ich lasse die Frau ihre Arbeit tun, ich bin heute zu müde. Ich lasse mich widerstandslos verkabeln.

Sollen sie doch. Mich geht das alles sowieso nichts mehr an.

Als ich aus dem Behandlungsraum komme, sitzt der Musiker noch immer da. Er dirigiert seine Musik und ich spreche meine Worte. Wir sind mit einem unsichtbaren Band verbunden. Ich lächle ihn an, aber er sieht mich nicht. Hinter einem Vorhang aus bunten Schnüren stehen zwei Leute, ein Mann und eine Frau, das kann ich erkennen. Sie tuscheln.

Eigentlich noch zu jung, aber diese Auffälligkeiten. Immer wieder Auffälligkeiten und Fehlleistungen. Atypischer Verlauf. Das Herz? Ohne Befund.

Erst die Summe aller Teile ergibt ein Ganzes.

Welches Ganze? Siehst du eins am Himmel stehn?

Ich wende mich ab, setze mich auf den Boden, kauere mich an die Wand, verschränke meine Arme und verstecke mein Gesicht in den verschränkten Armen. Die Musik des Musikers wird lauter, der Musiker steht neben mir, er legt seine Hand leise und leicht wie ein Windspiel auf meine Schulter.

Kann ich Ihnen helfen?

Ich halte den Atem an. Ich werde nie wieder atmen, nur so kann ich diesen Moment für immer anhalten.

Schritte, Stimmengewirr, so viele Leute, viel zu viele, viel zu laut, Glück und Glas, wie leicht bricht das, das Windspiel bricht.

Lasst mich gehen, sage ich. Wenn es sein muss, dann eben allein.

Jemand greift mir unter die Arme, ein Wunder, dass sie nicht brechen wie damals, als sie mir die Flügel gehoben haben, damit ich endlich vom Fleck komme. Schau doch, Inge! So schön ist das! Alles, was Flügel hat, fliegt! Inge, flieg!

Lass mich gehen, habe ich gesagt, aber Werner hat mich festgehalten und es war ja auch nicht das erste Mal und schön war es auch, früher. Vielleicht wäre alles ganz anders gekommen, wenn – und dann war Helene auf dem Weg. Aus meinem Unterleib ist sie gekommen mit Werners Augen. Fremd haben wir einander gemustert. Sonst war da nichts.

Ich werde hochgezogen. Ich stelle mich tot. Besser totstellen als gar nicht tot sein, denke ich. Ich lasse den Kopf so weit nach vorne fallen, bis er nur noch an ein paar Halsmuskeln hängt. Mir wird seltsam zumute, zu viel Blut im Hirn. Oder zu wenig.

Kennst du die Kindertotenlieder?, frage ich den Musiker.

Was denkst du denn, sagt er und stimmt eines an.

Ich werde weggebracht, aber der Anfang ist gemacht, ich kann jetzt weitersingen. Natürlich ohne dass mich jemand hört.

22

Die Deutsche weint so laut, dass ich meine Schuhe anziehe und nachschauen gehe, was mit ihr los ist. Die haben hier viel zu wenig Personal, da kann man verrecken und die bemerken das erst am Morgen, weil sie einen nicht abhaken können, wenn man zum Frühstück nicht in ihrem Speisesaal aufgetaucht ist. Ich hole noch schnell meinen Tränenstein unter dem Kopfpolster hervor und schleiche über den Gang. Ich drücke die Türklinke: Die Deutsche liegt im Bett, sie hat beide Hände vor dem Gesicht und weint. Die Atemmaschine steht auf dem Fensterbrett, das Licht vom Mond und den Laternen im Park spiegelt sich auf der glatten Oberfläche. Weiße Lichtflecken. Sie erinnert mich an ein Ausstellungsstück, das ich einmal im Museumsquartier gesehen habe. Die Deutsche muss mich bemerkt haben, sie schluchzt laut auf.

Ich komm ja schon, sage ich und setze mich an ihr Bett. Ich nehme sie in die Arme und wiege sie so, wie man ein Kind wiegt. Ich lege sie vorsichtig wieder zurück und wische ihr über die nassen Wangen. Ich benetze den Tränenstein mit ihren Tränen und halte ihn ihr vor die Augen.

Schön, oder?

Ja. Sehr schön.

Ist von meinem Enkelsohn.

Kann ich ihn haben?

Nein, das ist meiner. Hast du keinen?

Ich weiß es nicht, meine Kinder sind alle so weit weg. Ja, vielleicht haben sie auch schon Kinder.

Den Tränenstein habe ich gemeint, will ich sagen, aber die

Frau zittert auf einmal so heftig, dass ich besser nichts sage. Ich kenne das, wenn man von innen heraus friert, da beutelt es einem alles durcheinander. Ich schaue mich um, ich suche eine zweite Decke. Ordentlich über einen Bügel gehängt baumelt von der Kastentür das schwarz-weiß gestreifte Sakko herunter.

Originell, sage ich.

Vergeblich, sagt sie. Ich habe die Rolle nicht bekommen.

Ich borge dir den Stein, sage ich. Bis du über den Berg bist.

Ich hole eine Decke aus dem Kasten, sie liegt genau dort, wo sie auch bei mir im Zimmer liegt. Ich lege die Decke über die zitternde Deutsche und schlage sie seitlich und bei den Füßen ein.

Was für ein Berg?, fragt sie.

Der Kahlenberg, höre ich mich sagen und dann erzähle ich ihr von der Zahnradbahn, die vor über hundert Jahren auf den Kahlenberg hinauf gebaut worden ist. Eine große Schneise haben sie in den Wald geschlagen und unten eine echt beeindruckende Talstation errichtet. Ein schöner, großer Ziegelbau. Aber die Bahn hat so geholpert, dass sie die Wiener nicht benutzen wollten. Angst vorm Absturz.

Wir haben den Tod lieber im Herzen als vor den Augen, sage ich und lache.

Die Deutsche lacht jetzt auch: Deshalb haben sie ihn mir aufs Fensterbrett gestellt. Weil ich eine Deutsche bin. Immer Aug in Aug mit dem Schicksal.

Sie findet das so richtig witzig, sie lacht und lacht und lacht. Sie bekommt davon rote Wangen und hört zu zittern auf.

Wie heißt du eigentlich?

Dorothea.

Darf ich, Dorothea?, frage ich und schlüpfe unter die Decken.

Magst sehen?, frage ich weiter und zeige ihr meine Herzkabel und den kleinen Kasten, der alles aufzeichnet, das mein Herz macht.

Dorothea fährt über die Kabel, hebt den kleinen Kasten an.

Ist leicht, sagt sie. Und klein.

Ja, ein Glück, sage ich.

Besser als die da, sagt sie und deutet auf die Atemmaschine.

Aber die brauchst du doch gar nicht mehr.

Sie nickt gedankenverloren.

Die Kabel hängen weit hinunter. Dorothea schiebt sie beiseite und legt die Hand auf meinen Bauch, direkt auf den Nabel. Sie drückt leicht zu, mein Bauch weicht auf die Seite aus.

Leer?

Unbewohnt, sage ich. Ist eh nur ein Notquartier, sage ich. Im Krieg ist alles nur ein Notquartier.

Was für ein Krieg?

Jeder.

Ich will den Tränenstein behalten, sagt sie.

Der Bub soll dir auch einen suchen, sage ich, weil ihr das Wasser schon wieder in den Augen steht. Und ich habe gedacht, dass die Deutschen nicht gefühlvoll sind. Dorothea ist eine Ausnahme.

Ja, das bin ich, sagt sie. Die Ausnahme von. Von allem ausgenommen.

Von mir nicht, sage ich. Ich habe das Gefühl, dass das die einzig mögliche Antwort ist, mit der ich sie zurücklassen kann. Den Stein lasse ich ihr auch. Übergangsweise.

Ich muss jetzt gehen, sage ich und gebe ihr einen Kuss auf die Wange.

Bis morgen.

Sie schließt die Augen.

III

*Nachtschrift, in den Kopf getackert: Es sind nicht die Menschen,
die mich erschrecken, es sind die Geräusche. Ich richte die Ohren
nach ihnen aus, konzentriere mich, richte jeden meiner Gedanken pfeilgerade – mitten ins Zentrum richte ich meine Gedanken,
bis ich das Geräusch erkenne. Nur wenn die Richtung unklar ist
und sich die Entfernung ändert, funktioniert es nicht. Kommt das
Geräusch aus meinem Zimmer? Vom Flur? Von ganz draußen?
Aus dem Park? Aus der Luft vor meinem Fenster? Vom Balkon,
zu dem mir die Tür versperrt ist? Ein Quietschen wie von Reifen,
ohne dass es hier eine Straße gibt, ein Aufjaulen aus dem Nebenzimmer, als ob jemand der Deutschen ein Messer in den Leib
gerammt hätte, später ein zartes Klingeln, fast unhörbar. Mein
Handy? Das haben sie mir doch weggenommen, und hat es nicht
ganz anders, viel schriller geläutet? Daneben ein lang gezogener
Ruf auf einem einzigen, immer gleichbleibend hohen Ton, der
gefährlich künstlich klingt. Künstlich erzeugt, ohne andere Bedeutung, als einfach nur erzeugt zu sein. Um seiner selbst willen.
Absichtslos. Und was, wenn nicht? Wenn er mir gilt? Mich meint
und ich weiß es nicht einmal? Verstehe ihn nicht, reagiere nicht,
reagiere falsch, ich reagiere nicht. So tun, als ob alles ganz normal
wäre: wohlige Nachtstille statt plärrender Dunkelheit. Das ist am
besten. Die Ohren zuhalten und die Lippen zusammenpressen,
mir nichts anmerken lassen: keinen Ton von mir geben, so tun,
als ob. Beim Warten keine Geräusche hinterlassen, so tun, als ob
es mich gar nicht gäbe. Wie eine Salzsäule dasitzen. Warten, dass
die Nacht vergeht.*

23

Der Herr Manfred für Sie, sagt eine von den Orange-Roten und schiebt mir Manni ins Zimmer. Er trägt Jeans und ein T-Shirt mit einem Aufdruck, den ich nicht entziffern kann, und hat einen Blumenstrauß in der Hand, den ich aber ignoriere.

Wo warst du denn so lang?, frage ich ihn.

Erst einmal die Blumen, sagt er und schaut sich um. Wo ist denn die Vase?

Ich zucke mit den Achseln. Keine Ahnung.

Sie haben mir die Vase weggenommen, sie war eh nicht schön. Wegen der Scherben, die überall auf dem Boden gelegen sind, hat das sein müssen. Manfred braucht das nicht zu wissen. Er muss überhaupt nichts wissen. Er weiß eh nichts, keine Ahnung von nichts, der junge Kerl. Nein, heute kriegt er mich nicht. Mich so lang allein zu lassen. Als ob sich das mit ein paar Blumen wiedergutmachen ließe.

Er legt den Strauß auf den Tisch.

Was stehst du so herum, sage ich. Ich habe schon die ganze Nacht auf Sophie aufgepasst, ich kann mich jetzt nicht auch noch um dich kümmern.

Ich zeige ihm die Flecken auf meiner Bluse: Die sind von ihr.

Wie ich das sage, klingt es wie ein Vorwurf. Das wundert mich.

Stundenlang hat das Kind geschrien, der kleine Kopf, wie warm er in meiner Hand gelegen ist, als ob er extra für meine Hand gemacht wäre. Eine Extraanfertigung, speziell für mich, für meine Hände, Größe M, genau vermessen wie gleich nach der Geburt. Kopfumfang. Fünfunddreißig hat Helene gehabt. Ich spüre das Blut pulsieren, warm. Durchscheinend ist das ganze Kind. So zerbrechlich und so zart, dass mich plötzlich die Zärtlichkeit überkommt, zärtlich für ein ganzes Leben bin ich und wie von selbst murmle ich beruhigende Worte: *Das wird schon wieder. Alles wird gut. Ja. Ja. Bist doch mein Mädchen.* Wie ich mit der Kleinen durchs Zimmer gehe, ihr Geruch, ihr Körper, so eng an meinem. Wie sie in ihrem Kummer Zutrauen fasst, wie sie Atemzug um Atemzug leiser wird und ihr Schreien langsamer und schließlich schläft sie ein, dicht an mir und ihr Kummer legt sich wärmend um uns.

Ich war so voller Traurigkeit, ich war so voll von dir.

Selbst- und fremdvergessen sein, Manfred. So oder gar nicht, sage ich.

Ich habe dich nicht vergessen, ich war doch nur im Urlaub. In Ägypten, sagt Manfred.

Darum bist du so braun, sage ich und bemühe mich, desinteressiert zu wirken. Nein, ich bin zu keinen Verhandlungen bereit, er kann mir alles erzählen, ich muss ihm nichts glauben.

Ich war tauchen, sagt er.

Bist du denn kein Wehrdienstverweigerer mehr?

Der Zivildienst ist vorbei, sagt er. Der Wehrdienst sowieso. Ich war tauchen.

Der Krieg ist überall, sage ich. Auch unter Wasser.

Inge, ich bin jetzt komplett zivil, sagt er. Der Krieg geht mich nichts mehr an.

Sophie geht mich auch nichts an. Sie gehört mir nicht. Ich habe sie mir nur ausgeborgt, damit sie sich ausweinen kann. Sie hat meine Schulter nass geweint. Gibst du mir eine frische Bluse aus dem Kasten? Nein, nicht die, die ist nicht mehr schön. Gib mir die rote. Ich will gut ausschauen, wenn mich Lukas besuchen kommt. Lippenstift bitte auch. Und zieh mir die Augenbrauen nach, die sind über den Sommer viel zu hell geworden. Ich war zu viel in der Sonne. Die Haare bitte richten, nein, keinen Kamm hineinstecken. Ganz natürlich sollen sie fallen. Hast du mir das Parfüm mitgebracht? Gaultier? Ja, sehr gut. Natürlich auch die Zehennägel lackieren. Was denkst du denn.

Alexander hat ein Aquarium. Der muss nicht tauchen, sage ich.

Alexander?

Mein Enkel.

Ist alles in Ordnung mit deiner Familie?

Sicher, warum nicht.

Weiß nicht. War nur so eine Idee.

Wie das Tauchen?

Manfred ist einen Moment lang überrascht. Genau, sagt er dann. Wie das Tauchen.

Ich kämpfe, ich fliehe, ich laufe am Gang auf und ab. Ich suche die Deutsche, finde aber nur ihre Mutter. Sie schaut verhärmt aus, sie geht jetzt nach Hause.

Es ist genug, sagt sie.

Ja, es reicht, sage ich und bücke mich, um mir die Schuhbänder zu binden, da merke ich, dass ich barfuß bin.

Du wirst dich verkühlen, sagt die Mutter der Deutschen und steigt in den Lift ein.

Ach was, sage ich, dann schließen sich die Türen, sie ist weg.

Ich bin immer noch da.

In der Mitte des Flurs, wo die Schwestern in geheimen Kammern sitzen, geht das Licht an, ich höre ihr Lachen. Ich rieche ihren Kaffee.

Es ist ja schön, wenn Sie sich hier amüsieren, sage ich durch ein Fenster, das sie zu schließen vergessen haben, aber einstweilen stirbt hier ein Mensch. Ein Mensch, wiederhole ich. Ein Mensch. Ein Mensch.

IV

Am Ende steht immer der Schmerz // geht auf Stelzen, hinterlässt
Löcher im Asphalt // sammelt den Regen und das Abwasser, das
aus den Kanälen gequollen kam // beim letzten Sturm // sammelt
zusammen, was vom Leben übrig blieb, auch schimmernde Ölflecken // die ein Lastwagen verlor, der über die Landstraße fuhr
zuletzt // auf dem Heimweg war er // als ich am Straßenrand
stand, den Daumen hinausgestreckt // nimm mich mit, ich sing
dir ein Nachtlied, rief ich ihm hinterher: am Ende steht immer
der Schmerz // geht auf Stelzen, hinterlässt Löcher im Asphalt
// sammelt den Regen und das Abwasser, das aus den Kanälen
gequollen kam // beim letzten Sturm // sammelt zusammen, was
vom Leben übrig blieb, auch schimmernde Ölflecken: Am Ende
steht immer der Schmerz.

24

Es sind nur Fingerübungen, die ich dir hinterhergekritzelt habe, sage ich zu Manni und gebe ihm das vollgeschriebene Heft. Er dankt mir mit einer angedeuteten Verbeugung, faltet das Heft und steckt es in eine Seitentasche seiner Hose.

Ich meine das nicht als Witz, sage ich.

Das hab ich eh nicht gedacht, sagt Manni. Ich bin doch noch da.

Aber ich nicht mehr, sage ich und verschwinde kopfüber in der Maschine. Die Herrschaften wollen sich einen Überblick über mein Gehirn verschaffen. Sie werden mir das Hirn zerlegen, aber nur optisch, also keine Angst, das tut nicht weh. Ruhig liegen müssen Sie aber. Okay, das kann ich.

Ob es dann leichter wird?

Ich weiß nicht. Anders wird es.

Besser?

Nein, nur anders. Mehr Bandbreite. Verstehst du?

Ja, er versteht.

Kommst du vom Fischen?, frage ich ihn. Wegen der Hose meine ich. Ist das nicht eine Fischerhose?

Manni nickt. Stimmt, aber ich trage sie einfach so, beginnt er, der Rest des Satzes geht im Geheul der Maschine unter. Warum es so laut ist, wenn sie mir mein Hirn zerlegen, also optisch zerlegen, verstehe ich nicht, aber ich verstehe ja viel nicht mehr und den Rest will ich nicht mehr verstehen. Es geht auch so. Nur anders ist es.

Den Kopf, den *Schädel*, um den *Schädel* geht es, haben sie mir *fixiert*. In eine Box gesteckt und *fixiert*. Ich habe nachgegeben, aber zuschauen werde ich ihnen nicht auch noch. Ich schließe die Augen. Am liebsten gleich für die Ewigkeit, denke ich und bin froh, dass sie mir Kopfhörer aufgesetzt haben. Trommler, Pfeifer und Gaukelspieler müssen draußen bleiben. Die Ewigkeit ist still.

Manfred hat mir seine Hand auf die Beine gelegt, alles andere von mir ist ja *Maschine*. Manchmal drückt er wie zur Bekräftigung. Mach weiter, heißt das. Ich weiß, dass er das will. Aber warum? Ob ihn Helene geschickt hat? Ich muss mit Lukas reden. Er wird wissen, was hier gespielt wird.

Als ich aus der Maschine gezogen werde, stelle ich mich eine Zeit lang tot. Vielleicht verwirrt sie das. Mich zumindest verwirrt es, ich muss lang nachdenken, bis mir wieder einfällt, dass ich am Leben bin. Kann man sterben, wenn man vergisst, dass man in Wirklichkeit lebt? Ich glaube ja. Das ist alles eine Frage des Willens.

Manfred schaut mir ins Gesicht und sagt: Inge, was machst du denn mit uns?

Ich mache gar nichts, sage ich, und zwar aus Gewohnheit: Abstreiten, abstreiten, abstreiten, das hat schon mein Herbert immer gesagt und abgestritten, abgestritten, abgestritten.

Anders hältst du es ja gar nicht aus, hat er gesagt und wie recht er gehabt hat. Hätte ich ihm nur geglaubt.

Ist Herbert auch hier?, frage ich Manni.

Nein, Herbert ist doch gestorben.

Ach ja, sage ich.

Tot ist er?

Ja, schon lang.

Freiwillig tot oder hat er müssen?

Ich stelle die Frage ganz schnell, damit ihm keine Zeit zum Überlegen bleibt und er mir ganz gegen seine Vorsätze (er will mich immer schonen, der Gute) mit der Wahrheit antwortet.

Aber ich habe umsonst gehofft: Er hat rechtzeitig bemerkt, was ich frage, und statt zu antworten hat er einfach weitergemacht, als ob da nie etwas gewesen wäre. Etwas Sonderbares, etwas anderes. Das schreckt ihn zu sehr.

Sie mögen das andere nicht. Auch Manni mag das andere nicht, deshalb redet er sich ein, dass er die anderen mag. Mich zum Beispiel. Er glaubt, dass er dann ein besserer Mensch ist.

Wollen wir?, fragt Manni.

Wir werden wohl müssen, sage ich und lehne mich in den Rollstuhl zurück. Schließlich können wir ja nicht ewig im Flur vom Spital herumsitzen.

V

Pass auf, sage ich, als wir aus dem riesigen Gebäude heraus und ans Tageslicht kommen. Pass gut auf, dass du nicht plötzlich zerfällst, als wärest du durch und durch perforiert. Eingerissen, durchgerissen, zerfallen. Pass auf, dass deine Bestandteile nicht einfach in die Luft entweichen (in den Lüften verschwinden), eingesammelt werden und neu verbunden an jedem Eck zu kaufen oder zu erstehen sind, wie sie es nennen. Auferstehen, weil die Sonne so blendet und du nicht sehen kannst, was auf dich zukommt oder wer. Welches Mikrofon, welche Kamera, welches Licht. Welcher Sender und wer hört mit und wer wird es gesehen haben? Hat es wer gesehen? Hat dich wer gesehen, als es dich zerlegt hat da auf der A1. Nein, es hat dich gar nicht zerlegt?

Gib trotzdem acht auf dein Weinen, denn vielleicht hast du die Katastrophe ja auch nur vergessen. Ist dir schon aufgefallen, dass du hinkst? Du hinkst nicht? Und dass du kein Feuer sehen kannst? Und weißt du, warum du mich magst? Ich sage es dir: Es ist wegen dem Feuer, das ich in meiner Wohnung gelegt habe, da-

mit sie niederbrennt, gnadenlos bis zum Schluss, aber noch wich-
tiger als die brennende Haut und das Weinen über die verbrann-
ten Glieder: Gib acht auf dein Lachen, denn zuallererst holen sie
sich dein Lachen, und das am liebsten direkt von deinen Lippen,
da ist es noch ganz frisch (authentisch nennen sie das): Futter
für die Glücksmaschinen, die an jeder Ecke aufgestellt sind. Mit
nichts fängst du Menschen besser als mit dem Glück.

Und was ist mit der Glückseligkeit?, fragst du.

Schätzchen, sage ich, wer will schon glückselig sein, wenn ihm
das Glück an jedem Eck entgegenlacht.

Unglück geht aber auch, wir beide wissen das. Frisch von der
Leber herunter oder mitten aus der Brust, aus der es quillt, weil
das Herz immer noch pumpt, weil es nicht aufgeben will. Des-
halb hüte auch deine Tränen. Wir beide wissen das doch nicht
erst seit gestern, sage ich, wir wissen das doch immer schon, wir
wissen das wie die verbrannten Kinder, die das Feuer suchen.
Wieder und immer wieder.

Du schaust so ungläubig. Ich weiß, ja, ich weiß, dass deine
Augen viel zu jung sind für mich. Aber du wirst noch an mich
denken, wenn du eines Tages aufwachst und das Weinen mit-
samt dem Lachen verschwunden ist. Verloren gegangen, entwi-
chen, vom Wind verblasen, eingefangen und mit Lichterketten
geschmückt lachen sie dir beide auf dem Weg in die Arbeit schon
am ersten Eck entgegen. Guten Morgen, du Ungläubiger, werden
sie sagen und du wirst an mich denken. Schau mich doch an mit
deinen jungen Augen, mit deinem Lachen und mit den Tränen,
die du am Morgen unter deinen Polster legst wie ich das Nacht-
hemd, die Lügen und die Schuld. Schau mich an und lerne, so-
lang es noch Zeit ist.

25

Die Orange-Rote hat sich ganz steif gemacht, sodass ich direkt abgeprallt bin, und Helene hat sich gewunden wie ein Fisch, den man von der Angel nehmen will, also habe ich schnell wieder von ihr abgelassen. Wer will schon einen Fisch umarmen? Wie verloren muss man sein, um einen Fisch umarmen zu wollen?

Herbert hat mich tagelang beflegelt. Die primitivsten Schimpfwörter hat er mir an den Kopf geworfen, Ausdrücke waren das, das glaubst du gar nicht. Doch, Manni glaubt es. Er hat mich auch gehalten, als ich ihm um den Hals gefallen bin. Gehalten und an sich gedrückt mit seinem ganzen Leib. Nein, nicht Leib, es war sein Leid, das mir da entgegengekommen ist, das sich auf mich gelegt hat, wie sich Männer auf Frauen legen, wenn es so weit ist. Er streicht mir über den Rücken, als ob es ihm selbst gälte. Als ob er es sich selbst nicht gelten ließe, aber mir.

Alles gut?, frage ich.

Alles gut, Inge. Alles wird gut, sagt er. Ich lege meinen Kopf auf seine Schulter. Seit mein *Schädel* aus der Maschine gekommen ist, ist er noch schwerer als zuvor.

Warst du gestern im Garten unten?, fragt Manni. Er redet leise, mein Ohr ist so nahe an seinem Mund, dass seine Worte meine Ohrhärchen kitzeln. Ich kichere.

Hat es Spaß gemacht?

Ja, sage ich, um ihm eine Freude zu machen. Natürlich war ich nicht im Garten.

Nur Helene. Die hat mir wieder einmal den ganzen Spaß verdorben, sage ich, da merke ich, dass ich auf Mannis Schoß sitze. Wenn das Herbert erfährt! Ich stehe sofort auf. Manni hält mir die Hand. Wie einem jungen Mädchen. Alles okay?

Helene hat einen Aufstand gemacht, das glaubst du nicht, sage ich. Und das nur, weil ich mich geirrt habe. Das kann doch jedem einmal passieren. Oder?

Ja, das kann jedem einmal passieren, dass er sich irrt.

Eben, sage ich. Manni schaut heute zwar müde aus, seine Augen sind ganz klein, kann sein, dass sie verweint sind, vielleicht aber auch nur angestrengt, aber sonst ist er wie immer. Ein guter Bub. Wie nötig das ist in Zeiten, wo einen die eigenen Kinder behandeln wie einen Schwerverbrecher, nur weil man einmal einen falschen Namen sagt. Helene war richtig aufgebracht deswegen.

Nicht Lukas, sondern A-l-e-x-a-n-d-e-r. Eindringlicher hätte sie den Namen des Buben nicht sagen können. Jeder Laut kam gestochen scharf auf mich zugeschossen. Ja, jeder Buchstabe ein Wurfgeschoß. Ich bin gar nicht mehr nachgekommen, mir die blutenden Löcher zu halten.

Der junge Mann hier hingegen heißt Manfred. Manni für seine Freunde, um das auch ein für alle Mal festzuhalten. Fürs Protokoll, haben wir beim Import-Export immer gesagt. Ja, ich weiß. Er hat viel zu lange Haare. Beim Import-Export hätten sie so einen nicht genommen. Bei uns haben nur die Besten gearbeitet. Aus den besten Schulen. Mit den besten Noten. Meine Noten waren gut. Sehr gut sogar, erzähle ich. Deshalb haben sie mich genommen, obwohl ich vom Land gekommen bin. Ich habe einen Vorzug gehabt, sage ich. Weißt du, was das ist? Manni weiß das.

Du auch?, frage ich.

Nein, so weit hat er es nie gebracht.

Ich immer, sage ich.

Ich gebe zu, dass ich da ein wenig schwindle, aber vielleicht irre ich mich auch nur.

Beim Import-Export haben sie mich mit Handkuss genommen. Bildlich gesprochen, sage ich, damit Manni mit seinem Haarkrönchen am Kopf nichts Falsches von mir denkt. Etwas Altmodisches, weil den Handkuss hat es damals bei uns Jungen nicht mehr gegeben. Altmodisch war ich nie, niemand beim Import-Export war altmodisch. Ganz im Gegenteil: Wir beim Import-Export waren modern, immer und ausschließlich modern. Herbert hat das nicht so gefallen, der hat viel auf Tradition gehalten, aber ich war dafür. Also für das Moderne. Das war von Anfang an so, schon am Land.

Manni will wissen, wo genau ich aufgewachsen bin, aber das sage ich ihm nicht. Neugier ist keine schöne Eigenschaft. Ich tue so, als ob ich seinen Einwurf nicht gehört hätte. Ich schaue einfach in die Ferne, was gar nicht leicht ist, weil es in diesem Zimmer keine Ferne gibt. Das Fernste ist das Geländer vom Balkon, das hinter den Vorhängen mehr zu erahnen als zu sehen ist. Also doch wie eine echte Ferne. Ich hänge meine Augen ans Balkongeländer, wie Cowboys ihre Pferde vor dem Saloon anhängen. Als ich sie wieder abhänge – es gibt dort nichts zu sehen außer weiß wattierter Prärie –, fällt mein Blick auf Manni, wie er da auf einem der beiden Sessel in meinem Zimmer sitzt.

Sind Sie ein Prinz?, frage ich und klopfe mir dort auf den Kopf, wo bei ihm das Krönchen sitzt.

Er greift sich auf seinen Kopf, lächelt und sagt: Ja, das könnte man so sagen.

Er hat ein hinreißendes Lächeln. Entwaffnend.

Und wo ist das Pferd?

Ich bin modern, ich bin zu Fuß gekommen, sagt er.

Da sind wir schon zwei, sage ich. Ich war auch immer schon modern.

Er lacht.

Sie sind nett, sage ich. Sie dürfen bleiben.

26

Inge?, fragt die Deutsche, als ich meinen Kopf durch die Tür stecke. Sie hebt ihren Kopf noch ein Stück höher, der Polster liegt wie ein verwitternder Gebirgszug unter ihr: Kommst du mich besuchen?

Ich kann mich gar nicht erinnern, ihr meinen Namen genannt zu haben.

Als sie das Nachtlicht einschaltet, sehe ich, dass ihr Kopf einbandagiert ist.

Was ist denn da passiert?

Ach, nichts von Bedeutung, sagt die Deutsche.

Verstehe, sage ich und setze mich an ihr Bett. Ihr Zimmer ist ganz ähnlich wie meines eingerichtet, einfallsreich sind sie hier wirklich nicht. Auch bei der Deutschen steht vor dem Fenster, durch das man hinter den schweren Vorhängen den Balkon erkennen kann, ein Tisch mit zwei Sesseln. Sicher ist auch ihre Balkontür abgesperrt. Auf dem Tisch liegt ein Heft. Wie bei mir. Der einzige Unterschied, ihr Fensterbrett ist viel breiter als meines, fällt fast nicht auf. Die Atemmaschine ist verschwunden.

Die Deutsche hat meine Blicke mit ihren Blicken wie in einem stummen Katz-und-Maus-Spiel verfolgt.

Ich war das nicht, sage ich, ich habe dir die Maschine nicht weggeschaut.

Als ob du das könntest, sagt sie.

Stimmt, sage ich. Und was ist mit deinem Kopf?

Ich bin am Himmel angestoßen, sagt sie.

Aha, sage ich. Mehr fällt mir dazu nicht ein.

Die sagen, dass ich …, sagt die Deutsche und verdreht die Augen.

Plemplem?, frage ich.

Ja, die denken, dass in meinem Oberstübchen nicht alles in Ordnung ist. Als ob es meine Schuld wäre, dass die da oben im Himmel keine Ordnung halten können. Eine jede hätte sich da den Kopf gestoßen.

Ich nicke.

Als Strafe haben sie mich eine Uhr zeichnen lassen. Halb fünf hätte ich einzeichnen sollen. Stell dir das einmal vor: Halb fünf!

Ich stelle mir das vor: Wo ist der große Zeiger? Wo ist der kleine? Einfach ist das nicht, und wenn man bedenkt, dass sich die Deutsche ja den Kopf gestoßen hat. Da redet sie weiter, zunehmend empört:

Dabei ist die Essenszeit doch erst um sechs! Natürlich habe ich sechs eingezeichnet, sagt sie und immer wieder: Sechs! Sechs Uhr, da gibt es Abendessen. Das stimmt doch?

Ja, das stimmt, sage ich.

Soll ich dir die Nägel lackieren?, frage ich, um sie auf andere Gedanken zu bringen.

Bloß nicht, sagt sie. Das mögen die hier gar nicht. Das macht nur Arbeit. Sag, wie heißt du eigentlich?

Inge, sage ich, und du?

Ich bin die Deutsche, sagt sie. Du kennst mich doch. Ich bin die mit dem schwarz-weiß gestreiften Sakko.

Ach ja, sage ich. Jetzt erinnere ich mich wieder.

Was ist mit deiner Lunge? Kriegst du genug Luft?

Alles bestens, sagt sie. Ich kriege Luft ohne Ende.

Ich stehe auf und gehe zum Tisch. Ich öffne das Heft, schlage es bis zur ersten unbeschriebenen Seite auf. Ich nehme den Kugelschreiber, den sicher die nette junge Ärztin dort hingelegt hat, und schreibe:

Die Deutsche hat einen Kopfverband, aber sie kriegt Luft und kennt die Uhr.

Die Ärztin wird sich auskennen, sie wird wissen: Wer die Uhr kennt, weiß immerhin, was es geschlagen hat. Plemplem ist so jemand nicht. Vielleicht ein bisschen daneben, aber nicht hinüber, Kopfverband hin oder her. Wer die Uhr kennt, der weiß immerhin auch, was ihm blüht, blühen wird, später dann, wenn es wieder Frühling geworden sein wird.

Wenn sich draußen im Park die neue Sonne in den Ästen der Bäume fangen wird. Wenn – vielleicht zum letzten Mal – in den Beeten die Märzenbecher blühen werden. Später der Flieder. Wenn der Bub mit einem großen Fliederstrauß nach Hause kommt: Schau Mama, was ich für dich habe. Die ganze Wohnung duftet. Immer noch. Der Ärger, weil das Kind den Flieder einfach abgerissen hat. Herbert war außer sich und Helene hat geplärrt. Aber die Wohnung hat geduftet.

Einmal noch, sage ich zur Deutschen, einmal soll noch Frühling werden.

Aber die Deutsche ist eingeschlafen, ihr Kopf liegt weiß auf weiß auf dem Polster, sie atmet gleichmäßig und ruhig, sie atmet Löcher in die Stille, mit Ziegeln ausgelegte Brunnenschächte sind es, und holt sie wieder zurück. Sie schläft mit offenen Augen, ohne sich von mir oder sonst etwas, das sich in ihrem Zimmer befindet, ablenken zu lassen, sie starrt mit ihren weit geöffneten Augen zum Plafond, sie liegt da, als ob sie tot wäre, sie macht das gut. Ich gäbe ihr sofort eine Rolle, vielleicht sogar die Hauptrolle. Es käme natürlich auf das Stück an.

die nacht reißt so große löcher in unsere jahre / in deine / in meine / dass ich mich nur noch wie im widerschein bewege / wir verschwinden, rufe ich / während schon längst etwas ganz anderes passiert / der karst weint / dunkles wasser füllt die dolinen / die

felsküste steht da wie ein vorwurf / traumlos bleiben wir / bleibst
du / bleibe ich / zurück

27

Die Furcht sitzt im Leib, die Angst sitzt im Kopf, sage ich zu der Orange-Roten, die mir das Mittagessen gebracht hat. Es ist die Ungarin, ich hoffe, dass sie mich nicht versteht. Aber mit irgendjemandem muss ich ja reden. Sie stellt das Tablett auf den Tisch.

Guten Appetit, sagt sie und hebt den Deckel ab, der über den Teller gestülpt das Essen warmhalten soll. Hässliches, graues Plastik. Da vergeht einem der Appetit.

Haben Sie schon einmal was von Mikroplastik gehört?, frage ich.

Am Nachmittag kommt Besuch, sagt sie.

Wer kommt?, frage ich. Ich habe doch niemanden eingeladen.

Namen schießen mir durch den Kopf. Gesichter. Beine, die über die Straße laufen. Zebrastreifen. Straßenlärm. Hoch aufgetürmte Frisuren. Frauen. Miniröcke. Schwere Stiefel: Springerstiefel. Im Gleichschritt Marsch, das Aufächzen der Uniformen, als es losgeht. Alles dreht sich, alles bewegt sich, alles fliegt. Inge fliegt. Inge fliegt nicht, Inge flieht.

Die Furcht sitzt im Leib, die Angst sitzt im Kopf. Als wäre sie ein Traum vom Traum vom Traum. Als wären wir einander bis in die Unendlichkeit spiegelnde Spiegel oder kunstvoll übereinandergestapelte Gläser, über die der Champagner fällt wie ein nicht enden wollender Wasserfall. Kaskaden perlender Angst.

Es könnte alles so schön sein, wenn es nicht so furchtbar wäre, sage ich zu Herbert, aber der sitzt nur da und isst. Forelle blau mit Salzkartoffeln und eine Schüssel mit grünem Salat.

Er hat den Fisch selbst geangelt. Seine Angelausrüstung steht noch im Vorzimmer.

Hast du dir die Forelle blau schon in dein Heft geschrieben?, frage ich Manni. Das wirst du bald können, das geht ganz leicht.

Morgen gehen wir aber wieder in den Speisesaal, sagt Manni.

Ich ertrage diese Leute nicht, sage ich.

Ich weiß, sagt Manni. Aber trotzdem.

Seit wann sagt Manni *trotzdem?*

Die Angst, sage ich.

Nein, das mit der Angst sage ich nicht. Dafür ist Manni noch zu jung. Aber er hat die Prüfung geschafft. Er wird wirklich Medizin studieren. Ich bin stolz auf ihn.

Ich erzähle der Orange-Roten, dass Manni die Medizin-Aufnahmeprüfung geschafft hat, aber da ist sie schon weg. Ich schaue auf den Tisch: Das Tablett hat sie mir dagelassen.

Vielleicht bringen sie mir das Essen weiterhin ins Zimmer, wenn ich zum Ausgleich mit den anderen in den Park gehe. Oder zum Basteln. Oder zur Gymnastik. Riesige Bälle herumschieben. Der Mund bleibt zu, ich atme durch die Nase und die Augen halte ich nur zum Schein offen. Dann geht das. Dann können sie mit mir ihr Programm durchziehen, ohne dass ich mir dabei wehtue. Ohne dass die Zeit vergeht, ohne dass ich darüber auch noch erschrecken müsste. Wenn sie den tödlichen Schrecken sehen (die Zeit ist gleich nach den Menschen das Erschreckendste, das einem begegnen kann) – und sie werden ihn sehen, er lässt sich nicht verbergen, das schafft niemand –, lassen sie mich Uhren zeichnen bis zum Umfallen. Bis ich alles zugebe. Jede Tages-, jede Nacht- und jede Jahreszeit, kein Jahr, kein Tag, keine Nacht, keine Stunde und keine Sekunde ist ihnen heilig. Mir aber ist schon die kleinste Sekunde heilig. Jede einzelne Sekunde, die ich vergessen kann, ist mir heilig.

Ja, es ist halb fünf. Ein heller Glockenschlag und es ist sechs. Oder nein, es ist doch gerade erst Mittag gewesen (das Essen steht noch auf dem Tisch) und es war die Türklingel und dann ist niemand vor der Tür. Kinderstreiche. Wir haben das früher auch gemacht. Heute aber? Heute aber ist es Helene, ich erkenne ihr zögerndes Klopfen. Als ob sie Anlauf nehmen müsste. Ich halte die Luft an, sie kommt trotzdem herein. Schritte zum Fürchten. So hart. Die Augen: so eng.

Hast du schon gegessen? Und was ist mit Trinken?

Ich weiche zurück, bis ich an der Balkontür anstoße.

Bist du Jennifer?, sage ich. Etwas Besseres fällt mir nicht ein.

28

Es ist Donnerstag. Oder Mittwoch. Auf jeden Fall ist nicht
Sonntag, sonst säßen hier viel mehr Leute herum, hielten ihr
Gesicht in die Sonne oder sonst jemandem entgegen. Schau:
Da bin ich. Obwohl die Plätze rund um mich so gut wie leer
sind, ist es schrecklich laut.

Könnte jemand das Radio ausschalten?, rufe ich, aber die
Kellnerin lehnt an der Theke und redet mit der Thekenkraft.
Die Köpfe eng beieinander. Frauengespräche. Keine von beiden
rührt sich, sie tun, als ob es mich gar nicht gäbe. Ich klopfe mich
ab (von innen): Ja, es gibt mich. Ich hebe den Blick, rufe: Meine
Damen, es gibt mich!, aber sie reden einfach weiter. Vielleicht
habe ich sie auch gar nicht gerufen, vielleicht bin ich gerade
noch da drüben bei ihnen gestanden, habe ihnen von Herbert
erzählt und was für ein guter Mann er war. Nur so eifersüchtig.
Das kommt von der Liebe, hätte die Thekenkraft gesagt, weil
eine wie sie nur Thekenkerle kennt und die Thekenliebe: Was
darf ich Ihnen bringen? Danke ja, danke nein. Kommt gleich,
kommt nie. Ist leider aus. Kommt morgen wieder. Gabs hier
noch nie. Ist unsere Spezialität. Die Kellnerin hat sich wahrscheinlich nur an die Seite gegriffen. Aber nicht wegen des
Seitenstechens, das sie seit Tagen quält, sie sollte endlich zum
Arzt gehen, aber sie hat einfach keine Zeit, sondern wegen ihrer
Kellnerinnentasche, in der ihr Geldbörsel steckt. Schürzen mit
Untertaschen? Nein, schon lang nicht mehr. Hüftschwünge mit
und ohne Colt, hat die Kellnerin gesagt und weg war sie. Nein.

Nein, ich muss nicht wissen, was die beiden reden, das wäre
schließlich auch vollkommen unnatürlich, sie stehen viel zu

weit entfernt von mir und außer Atem bin ich auch nicht. Also: Keinesfalls bin ich gerade noch gelaufen, Seitenstechen? Nein. Die Hüften? Kein Colt, überhaupt kein Metall, ich komme durch jeden Detektor, alles noch Natur und darauf bin ich stolz.

Wie ein junges Mädchen, sagt Manni.

Ach Manni, sage ich. Das ist doch keine Frage des Alters, sondern eine Frage der Geografie und des Sonnenstands und vor allem der Ordnung.

Erstelle eine Ordnung, erschaffe ein System, spiele Gott und überzeuge die anderen davon, sage ich. Lang genug, ein Leben lang, habe ich das überprüft: Es stimmt. Außerdem ist das eines der größten Geheimnisse überhaupt und deshalb erzähle ich es auch dir nicht. Das ist nichts für Ohren, die nur hören und sonst nichts können. Also sage ich nur: Alles wird gut. Gut ist immer gut.

(In der Sicherheitszone bist du // Gut aufgehoben bist du dort // Wie abgelegt bist du dort // Bist dein eigener Hochsicherheitstrakt // Zutritt verboten // Du immer auf der anderen Seite // Wo sonst, sagst du // Ja eh, sage ich.)

Du hältst dich an den Linien fest, die du entworfen hast: Einen Kletterturm hast du gebaut, so turnst du durch die Geschichte. Durch die Geschichten, die sie dir auftischen, Männer wie Frauen, Kinder wie Erwachsene, und am schlimmsten sind die Alten, die sich die Finger schon wund gearbeitet haben und dir bei jeder Gelegenheit die blutenden Stellen zeigen (und da soll dir der Appetit nicht vergehen!): Das heilt nicht mehr, sagen sie mit einem Blick, der gerade einmal Jesus anstehen würde, aber doch nicht einem ganz normalen Menschenleben. Noch nicht einmal einen Krieg habt ihr erlebt, sage ich da, Blutverdünner, rufen sie und das in einem Ton, als riefen sie: Granatsplitter, du Unmensch! Granatsplitter!

Geschichten über Geschichten sind das, aber nicht mit mir, nicht, wenn sie sich in meine Ordnung drängen. Auf den nächsten Baum hänge ich sie, und: Baumelt nur!, denke ich, wenn ich sie dann beim Vorbeigehen hängen sehe, achtlos. Der Herbstwind (vielleicht aber auch Herbert oder gleich der Herrgott) wird euch von den Ästen fegen wie dürres Laub. Auf dem Boden könnt ihr euch dann zum gemeinsamen Abendgebet sammeln, wenn ihr glaubt, dass euch das glücklich macht oder wenigstens gut. Der Herrgott wird es euch trotzdem nicht richten, weil er viel zu weit oben sitzt und nicht euch, sondern grad einmal ein Rascheln im Ohr hat. Schon wieder Mäuse im Himmel, denkt der vielleicht. An euch wird er aber nicht denken und an eure Blutverdünner, die euch die Wunden nicht eintrocknen lassen. *Kein Friede soll über euch kommen, hat er gesagt vor langer Zeit, und das gilt für ewig. Kapiert das doch endlich.*

Ja, sag ich zu Manni, oder war es die Deutsche, es kann auch der ganze Mond sein und die ganze Nacht, später dann, aber jetzt, im milden Licht des Herbsts, da bin ich erst einmal nur Stück für Stück. Komm ich erst einmal nur Stück für Stück voran. Lebe ich das Leben im Quadrat, hab ich gedacht und war mir so sicher dabei. Um des lieben Friedens willen hab ich das gedacht. Ganz normal hab ich das gedacht. Nur nicht über die Grenzen turnen wie die Affen in Schönbrunn, an die Glasscheiben gepresst: Gesichter über Gesichter, zurechtgeschnitten, damit jedes in eine Scheibe passt, das soll bitte erst später kommen. *Herr, lass den Kelch an mir vorübergehen.*

Hast du was gesagt?

Manni steht hoch wie ein Laternenpfahl neben mir.

Nein, sage ich automatisch.

Er stellt etwas vor mich auf den Tisch. Kaffee?

Tisch, Tisch, Tisch, ich denke nach, wie Tisch in meine Ordnung passt. Passt Tisch in die Ordnung? Die Gesichter pressen sich so fest an die Glasscheiben, dass ihnen die Züge entgleisen (so eingefahren sie sind), Fratzen sind es mit gierigen Augen und die Lauscher so hart aufgestellt, dass sie abbrächen, berührte sie jemand, der zufällig des Weges käme und ihnen durchs Haar fahren würde. Der *Wie aufmerksam bist du denn?* fragen und eine Runde Kopfstreicheln einläuten würde mit einem Ohrenstüber. Ein kleiner Knacks und das Ohr wäre ab. Ein Schreck wäre das, aber echt, denke ich und streiche mir die Haare zurück. Ein kleiner, unauffälliger Test. Nicht, dass ich es glauben würde. Tausend und mehr Geschichten hängen in meiner Ordnung, eine jede ernst zu nehmen, das schafft niemand. Nicht in diesem einen Leben. Ja, meine Ohren sind noch da, alle beide und alle beide sind intakt von hinter den Ohrläppchen bis zur oberen Rundung der Ohrmuschel. Das interessiert einen Studenten der Medizin natürlich. Mich aber interessiert nur der Krach, der seinen Weg so mühelos aus irgendwelchen Lautsprechern in mich hinein findet und mich derart zuschmettert, dass ich keinen Bissen hinunterbringe.

Vergiss den Kuchen, sage ich.

Hättest du einen gewollt?, fragt Manni.

Keinesfalls, sage ich, das weißt du doch.

Magst du die Sonne?, fragt er, obwohl er selbst die Sonne im Rücken hat. Ich kann sein Gesicht nicht erkennen.

Nein, sage ich. Ich bringe wirklich keinen Bissen hinunter.

Das ist alles wegen des Gegenlichts, sage ich nach einer Weile.

Manni nickt. Er ist ein guter Bub, auch wenn er keine Ahnung hat.

VI

Was ist leichter als ein Flügelschlag? Ich höre zu atmen auf, ich lege mein Ohr an die Wand, ich höre durch die Wand, hinüber zu der anderen Frau, die so leicht ist wie eine Zwiebelschale, die so hell lacht, wie ein Gebirgsbach funkelt, und so still, wie es sich nur hinter geschlossenen Lippen lachen lässt. Tagsüber: Zwiebelschalen taumeln in der Luft, leichter als Schmetterlinge, jedem Lufthauch, meinem, seinem und dem des Dritten unterlegen. Die Vierte ist sie. Immer sie. Tagträume mit geschlossenen Augen. Den Atem stocken lassen. Die Hand ausstrecken. Schlag ein. Auf die Schuld warten. Dass sie ein Wort spricht. Nur ein Wort, aber ich habe geschwiegen wie ein Grab. Wie die Frauen geschwiegen haben von Anbeginn an. Jedes Wort, das es gab: eine Lüge, jedes Schweigen: vielleicht eine Wahrheit. Leicht wie eine Zwiebelschale. Funkelnd wie ein Gebirgsbach, still wie die Schuld hinter den geschlossenen Lippen. Ich komme vom Dorf. Ursprünglich. Einfältig, damals, und kein Wort, das etwas zählt. Das mehr gezählt hätte als ich, die es im Mund geführt hat, und erzählt hat es nichts über mich. Ich erinnere mich an alles. Wortlos. Tagträume hinter geschlossenen Augen. Übervoll.

29

Gebärfreudiges Becken, sage ich und die Orange-Rote zuckt zusammen. Die jungen Frauen heutzutage wollen nichts mehr hören vom Gebären.

Du musst nicht traurig sein, da kommen noch mehr, sage ich.

Komische Zeiten sind das, sage ich, um sie abzulenken. Sie tut mir leid. Sie plagt sich mit mir. Wahrscheinlich lernt sie noch. Sie zögert, aber dann nimmt sie meine Hände.

Musst dich nicht schrecken, sage ich. Die Knoten sind ganz normal, wenn man alt ist.

Wenigstens stehen ihr keine Hexenhaare am Kinn wie der anderen Orange-Roten. Wie störrische Anemonenstängel, die das Herumstehen nicht bleiben lassen können, obwohl längst Winter ist, so stehen ihr die Haare vom Kinn ab, oder sind es boshafte Fingerzeige des Teufels: Nimm dich in Acht! Und das mache ich auch. Ich rede kein Wort mit ihr.

Das kommt von der Arthrose, sage ich, beuge meine Finger zum Handteller und strecke sie wieder. Aber sie funktionieren noch. So halbwegs.

Das Mädel nickt und streicht die Finger entlang bis zu den Nägeln. Das ist angenehm. Ich schaue ihr ins Gesicht: freundliche Augen.

Wo ist Tom?, frage ich.

Welcher Tom?

Ich meine den, der sonst immer kommt. Den mit der Frauenfrisur.

Manni meinen Sie!

Nein, ich meine Tom.

Endlich weiß ich, wie er wirklich heißt, und das erklärt vieles. Tom, denke ich, und dass das genau genommen alles zwischen ihm und mir erklärt. Wenn jemand unter falschen Vorzeichen lebt ein Leben lang, das kann nicht gut gehen, eine Dauerlüge ist das, die jedes weitere Wort unnötig macht, aber das wissen die wenigsten. Und ich werde nichts platzen lassen, das ist nicht mein Geschäft. Ich bin nur für Import-Export zuständig. Nur für das, was über meinen Schreibtisch geht.

Ich schaue der Neuen zu, wie sie meine Nägel schneidet. Sie hat zierliche Finger. Sie strengt sich an. Sie ist nervös. Zehnmal, dann ist es geschafft. Ich spüre ihre Erleichterung, sie nimmt meine Hände in ihre. Sie holt tief Luft:

Jetzt ins Bad, sagt sie und ich sage, ohne zu zögern, kein Atemzug passt zwischen unsere Worte: Nein.

Keinesfalls ins Bad, wo das Wasser tosend vom Plafond fällt und sich in meine Haut bohrt. Ich spanne alle Muskeln an. Die Neue auch. Wie ein kleiner, entschlossener Panther steht sie vor mir. Lieber würde ich sie in die Arme nehmen und trösten. Hab keine Angst vor mir, würde ich sagen. Hab keine Angst vorm Wasser, würde ich sagen. Auch wenn es vom Himmel fällt, als ob es kein Morgen mehr gäbe: Das Wasser meint es gut. Immer nur gut.

Gut, sagt sie, als ob sie mich gehört hätte. Sie öffnet die Balkontür (Sie öffnet die Balkontür!), geht auf den Balkon und schüttelt die abgeschnittenen Nägel über die Brüstung. Ein kühler Luftzug. Sehr angenehm. Frisch. Jung. Lebensgeister, denke ich. Wassergeister, sage ich. Sie kommt ins Zimmer zurück und schließt die Balkontür wieder ab.

Wassergeister?

Ja, sage ich, sonst nichts, um mich nicht zu verraten. Kein Wort mehr, als sein muss. Wie schnell drehen sie dir den Hals um nur wegen eines einzigen Wortes.

Sie bleibt stehen, dreht das Handtuch, das sie gerade ausgeschüttelt hat, in ihren Händen. Ratlos. Besser das Handtuch als mein Hals, denke ich und lasse ihre Hände keine Sekunde aus den Augen. Sie geht ins Bad, ich höre Wasser rauschen, sie kommt mit einem Waschlappen heraus.

Geht es so?, fragt sie.

Ich bin überrascht. Mehr noch: Ich bin überrumpelt, lasse (fast wie ein Versehen) meine Muskeln locker. Da geht auch mein Mund auf, und während sie mich wäscht, rede ich wie ein Wasserfall. Ich kann mich plätschern hören. Ich erzähle ihr von unseren Urlauben am Meer. Wie die Kinder das Wasser geliebt haben.

Das wird schon werden, sage ich. Da kommen noch viele. Mit so einem Becken!

Und was ist mit Nägel lackieren?, frage ich. Und könnten Sie mir noch jemanden für mein Kinn kommen lassen? Und was ist eigentlich mit Tom?

Sie heißt Elisabeth. Frau Hirschwanger. Für mich aber Elisabeth.

Und Tom?

Manni kommt am Sonntag. Wie jeden Sonntag.

Ach ja, sage ich. Jetzt erinnere ich mich wieder.

Und wann kommt Lukas?

Was für ein Lukas?

30

Ich stehe nicht auf, ich brauche noch Schlaf. Nein, ich trinke auch keinen Kaffee. Ich war die ganze Nacht wach. Helene war da und hat alle meine Schränke durchwühlt. Ein Strandkleid hat sie gesucht. Nach Italien will sie. Aber Kind, habe ich gesagt, du bist doch schon längst erwachsen! Du hast eine eigene Wohnung und eigene Kästen, in denen du dein Strandkleid suchen kannst. Wo sind überhaupt deine Kinder? Hast du sie allein gelassen? Mitten in der Nacht? – Sie hat mir nicht zugehört. Irgendwann war sie dann aber endlich weg und ich hatte Arbeit für den Rest der Nacht. Sie hat tatsächlich jedes einzelne Kleidungsstück aus den Regalen gerissen. Wüsste ich es nicht besser, müsste ich denken, dass sie einen Wutanfall gehabt hat. Vergiss die Schwimmflügerl für die Kinder nicht, habe ich ihr noch nachgerufen. Vielleicht erinnert sie das an unsere Urlaube. Ich hatte immer Schwimmflügerl für die beiden mit. Ohne durften sie gar nicht ins Wasser. Kinder ertrinken schnell und lautlos. Fallen ins Wasser, werden abgetrieben, ertrinken. Das darf man nie vergessen.

Das darfst du nie vergessen, auch das rufe ich noch, obwohl Helene die Tür bereits hinter sich zugezogen hat. Ob sie mich gehört hat, weiß ich nicht, aber eine von den Orange-Roten hat mich gehört, sie schaut ins Zimmer herein:

Alles okay bei Ihnen?

Ja, bei mir schon.

Das ist fürs Erste am wichtigsten, sagt sie, und dann beginnt die Quälerei wegen dem Aufstehen aufs Neue. Was die immer haben mit dem schrecklichen Speisesaal. Ich bringe unter diesen ganzen Gespenstern da unten sowieso nichts hinunter.

Der Boden ist mir zu eisig, ich werde niederfallen und mir alle Knochen brechen, sage ich. Außerdem habe ich keine Schwimmflügerl für die Kinder dabei, sage ich. Und überhaupt steht alles in Flammen, man wird doch nicht von mir erwarten, dass ich durch die Hölle gehe.

Ich komme später wieder, sagt die Orange-Rote und verschwindet. Ich lasse mich zufrieden ins Bett fallen (als ob ich zwanzig Jahre jünger wäre) und denke an Helene. Hoffentlich hat sie ihr Strandkleid gefunden. Und vorher ihre Wohnung. Und Alexander und Sophie. Und vielleicht sogar ihren Mann. Das wäre schön. Er war nett. Ein friedlicher, fröhlicher Kerl. Wie man so einen friedlichen, fröhlichen Mann vergraulen kann, ist mir ein Rätsel. Wie mir ja das ganze Kind ein Rätsel ist. Trotzdem: Ich würde es ihr vergönnen, dass er zurückkommt. Vielleicht könnte dann alles besser werden. Vielleicht könnte sie mit dem schrecklichen Lügen aufhören. Zeit wäre es, die Kinder werden es ihr sonst gleichtun, und wenn die Wellen, die man ins Wasser geschlagen hat, zurückschlagen, womit ja nie jemand rechnet, dann ist das doppelt und dreifach hart. Das ganze Salzwasser im Mund und in den Augen. Das kostet dich Tage, Monate, unter Umständen sogar Jahre, bis du dir das alles aus dem Gesicht gewischt und die Folgen einigermaßen beseitigt hast. Und wenn dir eins ertrinkt in diesen Jahren und das geht schnell und lautlos, bist du nie wieder die, die du vorher warst. Wirst du nie die werden, die du geworden wärest. Bleibst du ein Entwurf dein Leben lang.

Ich weiß das, aber ich sage es nicht. Niemandem und am liebsten auch mir selbst nicht, was so was wie ein Notstandsgesetz ist. Nachtschatten, die mich verfolgen. Die sich am Morgen wie Eisblumen auf die Balkontür kleben. Ein Griff, ein Schnitt und das Herz blutet nach außen und nach innen reibt es mich wund. Ich hätte Helene nach Lukas fragen sollen, vielleicht hätte ich eine Antwort bekommen. Vielleicht auch nicht. Wir reden nicht über Lukas. Nie. Hoffentlich lässt sie die Schwimmflügerl nicht zu Hause liegen, wie konnte ich vergessen, wie wichtig das ist! Ich springe auf und laufe auf den Flur. Keiner da. Ich rufe immer wieder: Sie soll die Schwimmflügerl nicht vergessen! Hoffentlich hört mich jemand und sagt es Helene. Die muss ja noch im Haus sein. Eben war sie doch noch da.

31

Du musst immer beide Bettwäschen verwenden, erkläre ich Helene. Am besten beziehst du immer gleich beide Polster und beide Decken und dann schläfst du erst in der einen und dann in der anderen Bettwäsche, erst dann kommen sie in die Waschmaschine.

Helene schaut mich an, als ob ich vom Mars käme.

Was bitte?, fragt sie, sie wirkt genervt.

So nutzt der Stoff sich gleichmäßig ab, versuche ich, ihr den Nutzen meines Systems deutlich zu machen. Sonst hast du am Ende eine Garnitur, die verblichen und fadenscheinig ist, während ihr Zwilling so gut wie neu ist. Immer beide verwenden, das sag ich dir, ich habe das genauso gemacht. Das macht jede, die plötzlich allein ist.

Aha, sagt Helene. Es ist nicht zu übersehen, dass sie mich seltsam findet. Keinen Sinn fürs Praktische, dieses Kind.

Du bist doch allein, oder?

Nein, sagt sie. Ich habe Alexander und Sophie. Und ich habe Freundinnen und Arbeitskolleginnen.

Ich meine einen Mann. Einen Mann im Bett hast du nicht. Oder?

Also Mutter, sagt sie. So etwas fragt man nicht.

Helene war schon immer eine Geheimniskrämerin. Das hat mit ihrem ewigen Lügen zu tun. Irgendwie hängt das zusammen, aber ich habe vergessen wie. Ich denke nach. Ich konzentriere mich, bis alles in meinem Kopf so fest zusammengepresst ist, dass sich nichts mehr bewegt. Ich gebe auf. Man muss lockerlassen, wenn man sich an etwas erinnern will. Man muss ein paar Meter neben dem Kopf denken, dann taucht das Vergessene vielleicht wieder auf. – Das Vergessene will freiwillig zurückkommen. Freiwillig oder gar nicht. Manchmal keinesfalls, egal, was du machst. Da kannst du auf dem Kopf stehen, es fällt nichts heraus. Jetzt weiß ich das wieder.

Machst du mit bei diesem Gartenprojekt?

Ich? Unter keinen Umständen, sage ich. Helene soll nicht denken, dass sie mich hier weichgekocht haben. Gartenprojekt! Ich kann die hohen Kisten, die sie unten im Park aufgestellt haben, vom Fenster aus sehen. Wie frische Gräber sehen sie aus. Mit frischer Erde aufgefüllt, sogar mit Buchten für die, die schon in Rollstühlen sitzen. Ich sehe sie immer wieder, wie sie herangeholpert kommen. Oder am Stock gehen oder an einer Orange-Roten hängen, ich kann mir ihre hektischen Wangenflecken und die aufgeregten Münder bestens vorstellen. Ein Trauerspiel, wie gut, dass ich sie wenigstens nicht hören muss. Nein, so weit, dass ich mein eigenes Grab bepflanze, bin ich noch lange nicht. Ich bin vom Land, ich weiß genau, was ein Garten und was ein Grab ist.

Warum willst du nicht? Das ist doch eine schöne Idee! Helene versucht, beiläufig zu klingen. Ich kenne sie: So will sie mir irgendetwas herauslocken. Etwas Wichtiges. Ich weiß nicht, worum es geht, aber ich weiß, dass sie es nicht kriegen wird. Ich presse meine Lippen aufeinander, damit mir nicht doch noch ein Wort entkommt. Wie verräterische Schlangen hockt ein Wort neben dem anderen, direkt am Ausgang, 24/7 zum Ausbruch bereit. Ständig und immer schon. Ich kann sie hundertmal und öfter vergessen, sie sind da und warten auf ihre Chance.

Ich lege euch ab in meinen Betten, für jeden Mann ein neues Bett. Für jeden Mann, sage ich, es waren eh nur zwei, beide mit großen Köpfen und Augen an jeder Stelle ihres Körpers.

115

Augenblicke des Glücks, sagen die Leute. Traumfänger ihr, sage ich, lege Parfum auf und wechsle die Bettwäsche. Da liegt ihr – wie Puppen habe ich euch die Arme in die Höhe gestreckt. Sehnt euch! Eure Köpfe, leblos liegen sie da und wächsern, wie tot ist die Haut, die euch umspannt, und darunter? Dahinter? Die Lider klappen auf, wenn ich euch aufsetze. Nie wieder sollt ihr liegen in meinem Bett. Für alle Ewigkeit sollen eure Augen offen bleiben und sehen werden sie nichts. Für alle Ewigkeit sollt ihr euch sehnen und nicht wissen, wonach.

VII

Alles, was mir sicher ist, als Entschädigung zugesichert vor tausend und abertausend Jahren, damals, als wir getrennt wurden, als aus eins zwei wurden und aus Wir ein Du und ein Ich und das Ich: allein, seit damals trage ich alles, was mir sicher ist, wie eingeschweißt in meinem Körper. Halte dich gut, hat es geheißen (Wer hat das gesagt?), das muss jetzt für ein ganzes Leben reichen. Mehr als ein Ich gibt es nicht, wurde mir gesagt, und ich habe genickt. Wie gehorsam ich war in diesen Tagen, wie dumm. Mehr gab es dann auch nicht, als Werner immer leiser sprach, als er eines Tages seine Worte nur noch an sich richtete und mich darüber vergaß. Als ich ihm – viel hat nicht gefehlt – kopfüber in den Schoß gefallen bin vor lauter Sehnsucht, wie verwundert war sein Blick. Als hätte er mich zuvor noch nie gesehen. Das Bett habe ich ihm vor die Tür gestellt: Da kannst du dich hineinlegen, habe ich gesagt, es ist noch warm von unserer letzten Nacht. Das Ich: Allein bin ich gewesen, auch später, als ich Nein gesagt habe und als das Kind, als dieses fremde Mädchen in mir gewachsen ist, bis es herausplatzte aus mir an der Stelle, die seine gewesen wäre. So verwundert war der Blick dieses Würmchens, als es auf die Welt fiel und partout nicht schreien wollte. Das alle Schreie von Anfang an nur an sich richtete. Dessen Blick ich nicht ertragen konnte. Das ich stillte mit geschlossenen Augen. Das in meine Haare griff, um mit ihnen zu spielen, und ich bin dagesessen wie erstarrt, und habe gewartet, bis es genug von meinen Haaren hatte, und wenn das Kind dann weinte, weil ihm langweilig wurde bei einer wie mir, dann legte ich es der Nachbarin vor die Tür. Ich habe geklingelt und gesagt: Nimm sie. Bitte. Und die Nachbarin hat den Kopf geschüttelt und das Kind zu sich in die Stube genommen. Ich konnte sie durch die geschlossene Tür hindurch reden hören in diesen hohen Babytönen, und das Kind brabbelte zur Antwort zurück. Ich bin in meine Wohnung gegangen und habe gewartet, dass die Zeit vergeht, damit ich sie vergessen konnte. Bitte schnell, habe ich gedacht.

32

Manni ist wieder da. Ein wenig gedrückt, er hat eine Prüfung versemmelt. Ja, er sagt versemmelt. Aufs Erste habe ich geglaubt, dass er mich wieder vom Frühstücken mit diesen anderen Leuten überzeugen will, aber nein, er hat über sich geredet. Über sein Frühstück, Studentenfrühstück: Kaffee und das, was ihm seine Großmutter immer gemacht hat: Müsli. Mit vielen Nüssen für den schlauen Kopf, und trotzdem hat er diese blöde Prüfung versemmelt.

Mach dir nichts draus, sage ich, aber er macht sich was draus.

Das sei eine bittere Niederlage, er habe bis jetzt noch jede Prüfung bestanden und das mit richtig guten Noten.

Gut, dass er noch nicht weiß, dass noch viele Niederlagen folgen werden. Dass gerade die mit den guten Noten besonders gefährdet sind. Ich werde auf ihn aufpassen müssen. Immer ein paar weiche Decken bei mir haben, dass ich sie ihm unterlegen kann, wenn es ihn aufhaut. Ein angehender Herr Doktor mit aufgeschlagenem Knie oder gar mit einer Platzwunde auf der Stirn, wie würde das ausschauen! Ja, wenn man mit dem falschen Namen unterwegs ist, kann man so gute Noten haben, wie man es sich nur ausdenken kann: Es nützt nichts. Auch das weiß Manni nicht, und wenn es nach mir geht, soll er es auch nie erfahren. Man muss nicht jede Wunde aufreißen.

Weißt du, dass du eigentlich Tom heißt?, frage ich ihn.

Ich kann nichts dafür, echt nicht, das ist mir einfach so herausgerutscht, Frau Lehrerin, sage ich. Aber die Lehrerin hat mich schon an den Zöpfen und zieht mich daran hoch. Wie waren hier die Regeln, Inge?, fragt sie streng. Ich denke nach.

Ich denke wirklich nach, Frau Lehrer (ich sage: Frau Lehra), aber mir fällt keine Antwort ein. Ich muss eine ganze Seite mit *Ich soll nicht tratschen* schreiben, meine Mutter, meine schöne Mutter muss die Seite unterschreiben. Danke Frau Lehra, sage ich. Gerade noch rechtzeitig ist mir eingefallen, dass man sich immer bedanken muss. Auch wenn es keinen Anlass dafür gibt. Bedanken ist immer gut, ist fast so gut wie sehr gut.

Tom weiß natürlich nicht, dass er Tom heißt. Er weiß nur was von Manfred, Manni für seine Freunde.

Ist auch okay, sage ich. Ich mag dich auch so, sage ich. Was für ein Glück, sagt Manni und ich sage: Schau. Jetzt lachst du wenigstens wieder.

Ich lache ein bisschen mit, aber in Wirklichkeit schaue ich, dass ich zum Türstock komme. Nein, ich will nicht verschwinden, ich will mich nur an den Türstock stellen und meinen Rücken an ihm wetzen.

Hast du was?, fragt Manni. Er wird ein guter Arzt werden.

Der Rücken, sage ich. Er juckt schon wieder wie verrückt.

Ein guter Arzt muss alles bemerken. Jede Abweichung. Das war beim Import-Export nicht anders. Ich habe auch jede Abweichung, jede Unstimmigkeit merken müssen und ich habe sie gemerkt.

Soll ich dich eincremen?, fragt Manni.

Aber du bist doch kein Wehrdienstverweigerer mehr!

Zivildiener!

Wehrdienstverweigerer!

Manni steht auf: Wo hast du denn deine Creme?

Die finden, dass so ein alte Frau wie ich keine Creme mehr braucht. Die geben mir nur noch Salben.

Typisch, sagt Manni.

Kennst du die Geschichte von den Haaren, die sich eine Frau abschneiden hat lassen, um ihrem Mann eine teure Kette für

seine Uhr kaufen zu können? Und er hat ihr ein teures Kämme-Set gekauft und dafür seine Uhr hergegeben?

Manni kennt die Geschichte nicht. Dabei ist das die schönste
Liebesgeschichte, die es gibt, sage ich.

Soll ich dich frisieren oder eincremen?, fragt Manni. Die
schönste Liebesgeschichte der Welt hat ihn nicht beeindruckt.

Die wichtigsten Dinge haben keinen Zweck und brauchen
zu guter Letzt auch keinen Grund: Die wichtigsten Dinge sind
haltlos wie das Glück, versuche ich, ihm die Geschichte zu
erklären, aber er sagt nur: Da ist ja die Salbe! Komm, setz dich
aufs Bett, damit ich dir den Rücken eincremen kann.

Meine Haut juckt nicht, sie ist nur extrem angespannt vor
lauter Einsamkeit, denke ich, als mich seine Hände berühren.
Ich könnte ihm (ich denke: Tom) ein Kämme-Set kaufen. Eines aus Schildpatt, wie in der Geschichte.

Pfeif auf die Niederlage, sage ich.

Ist es gut so?, fragt er.

Ganz wunderbar, sage ich. *Aber aus dem Spiel nehmen kannst
du dich trotzdem nicht. Und noch etwas: Das Leben verzeiht
keine Tricks.* Das hört sich an, selbst für mich, als ob ich aus
großer Ferne gesprochen hätte.

33

Warum immer so grob, sagt die Deutsche, zu der ich mich geflüchtet habe, weil mich auf einmal alles übermannt. So plötzlich. So plötzlich reiße ich ihre Tür auf, und sicher waren meine Schritte auch viel zu laut, ich habe nicht darauf geachtet. Wie auf der Flucht bin ich.

Warum so grob? Hast du vergessen, wie heikel das Aufwachen ist?, sagt die Deutsche und setzt sich auf. Tadel, steht ihr ins Gesicht geschrieben. TADEL (Großbuchstaben).

Nein, das habe ich ganz sicher nicht vergessen, der Schreck sitzt mir schließlich noch in allen Gliedern. Schmerzhaft. Jeder Schritt ein Schmerzwagnis, wie sollte ich da etwas vergessen können.

Na dann, sagt diese Frau, die vor mir im Bett sitzt und mich erwartungsvoll anschaut.

Willst du etwas von mir?, frage ich.

Sollte ich?, fragt sie zurück.

Vergiss es, sage ich.

Nicht schon wieder, sagt sie und scheint das witzig zu finden.

Und sonst so?, frage ich.

Sonst was?, fragt sie.

So wird das nichts, sage ich.

Schaut so aus, sagt sie.

Ich schweige.

Sie schweigt.

Ich verstehe nicht, warum die so ein Aufhebens um meine Vergesslichkeit machen. Sogar das Handy haben sie mir weggenommen, sage ich dann aber doch, weil dieses Erinnern schon wieder angefangen hat. Unter meiner Brust poltert mein Herz, das wird doch kein Herzinfarkt werden, mir ist das alles viel zu aufregend, ich bin zu alt für solche Scherze, Scherze? Nein, meine Liebe, Scherze sind das nicht. Ich erinnere mich wieder, warum ich hierhergekommen bin. Weil die so ein Aufhebens machen um alles und jedes. Okay, der Brand war schon arg, aber der ist doch schon ewig her und schließlich ist es hier doch auch recht schön. Von den ganzen Auflagen abgesehen. Und von diesem Beharren auf meiner Vergesslichkeit. Abgesehen von diesem lächerlichen Aufhebens, das sie darum machen. Ich gebe nicht auf und sie geben nicht nach. Trotzdem schaue ich auf den Boden, wie um etwas zu suchen schaue ich herum, aber schon den Bruchteil einer Sekunde später weiß ich, dass ich in die falsche Richtung gehe, dass ich versehentlich in die Worte statt aus ihnen heraus gegangen bin. Nein, da liegt natürlich auch keine Vergesslichkeit auf dem Boden der Deutschen herum, er ist übrigens ein wenig heller als meiner, wahrscheinlich putzen sie ihn mit irgendeinem Spezialputzmittel, das auch die hartnäckigsten Keime vernichtet. Meine Vergesslichkeit liegt hier nirgends und keiner muss sie aufheben, am wenigsten ich mit meinem kaputten Kreuz, meine Vergesslichkeit steckt fest in meinem Körper. Wie eingeschweißt. Ehemals.

Sich aufregen, mir alles wegnehmen und die Tür zum Balkon absperren, als ob ich eine von den Verrückten wäre, dabei vergessen sie selbst alles, das ihnen nicht in den Kram passt. Von den neuen Heften, die ich bestellt habe, bis zum letzten Orkan, der hier ganz in der Nähe die Dächer einer halben Ortschaft abgedeckt hat. Oder die absurden Regenfälle zwischen den genauso absurden Trockenzeiten. Oder die alten und die neuen Herren und ihre Damen, die wieder unterwegs sind. Ganz offen. Den Krieg und den Hunger, die Toten im

Meer. – Ich verschlucke mich fast. Die Deutsche springt auf und klopft mir auf den Rücken.

Ruhig Blut, sagt sie. Die tun nur so. Die vergessen nichts, die tun nur so.

Doch, die vergessen alles, sage ich. Aber ich soll es mir merken – an ihrer Stelle soll ich sein – und wenn nicht, machen sie ein Riesentheater.

Ach deshalb die vielen Hefte.

Ja, deshalb die vielen Hefte.

Vielleicht solltest du den Fernseher loswerden. Das wäre ein Anfang.

Bist du verrückt, sage ich. Wenn ich nichts Neues zu vergessen habe, erinnere ich mich wieder an alles, das früher war.

Stimmt, pflichtet mir die Deutsche bei.

Und sonst so?, sage ich wieder.

Sonst ist alles in Ordnung, sagt sie. Morgen habe ich wieder eine Audition.

Ich drücke dir die Daumen, sage ich, was eine Lüge ist, weil ich meine Daumen, selbst wenn ich morgen noch etwas von der Deutschen und ihrer Audition weiß, gar nicht mehr drücken kann. Die Gelenke! Aber egal. Der Wille zählt fürs Werk, hat Herbert immer gesagt.

Stimmt, sage ich zu ihm und erinnere mich: Viel Wille, wenig Werk, das war Herbert. Viel Werk, wenig Wille, das hätte ich sein sollen. Wo ist er überhaupt? Ob er weiß, wie viel ein Liter Milch kostet? Oder ein Kilo Brot? Ob er von jetzt auf gleich sagen kann, welches Jahr, welcher Tag, welche Stunde ist und wer der Bundeskanzler? Den Bundeskanzler wüsste er. Auf jeden Fall wüsste er den. Aber sonst? Wenn er das nächste Mal kommt, werde ich ihm alle diese Fragen stellen und ihn nicht mehr gehen lassen, bis er geantwortet hat. Egal, was passiert.

34

Ich bin nass geschwitzt. Herbert hat wieder vergessen, über die Nacht die Heizung auszuschalten. Ich greife auf seine Seite: Sie ist leer. Ob er bei einer anderen Frau ist? Oder ist er weggerufen worden, Bereitschaftsdienst? Hat er Lukas mitgenommen? Ich streife die Decke ab, eine Minute noch, dann stehe ich auf. Jetzt fröstelt mich in dem nass geschwitzten Nachthemd. Einmal von der Brücke genau zwischen die Kontinente springen, einmal, das würde schon reichen, einmal in die Mitte der Welt eintauchen. Glitzernd in den Wellen verschwinden, hinaus aufs offene Meer. Ich stehe auf. Ich tappe mit nackten Füßen auf dem Boden herum, suche meine Schlapfen. Der Boden ist kalt. Eigentlich will ich nicht mehr. Ich stehe auf. Helene muss in die Schule. Sie wird wieder weinen, wenn ich sie aufwecke. In der Küche riecht es nach Zigaretten, Herbert raucht zu viel. Wo ist er überhaupt? Und wo ist Lukas? Ich schwimme hinaus aufs offene Meer, während meine Gedanken auf des Messers Schneide liegen: Ganz offen liegen sie da. Starren mich an. Direkt aggressiv. Ich werfe ein Geschirrtuch über sie. Kariert. Ein paar Flecken, die sich nicht mehr herauswaschen lassen. Brote schmieren. Apfel schälen, Milch wärmen, das Kind wecken. Das Messer unters Wasser halten, es vorsichtig trocken wischen. Nicht dass du dich schneidest. Das Kind weint, sein Bett ist voller Tränen. Ich sammle sie für später ein. Wann ist endlich später? Wann kommt endlich die andere Zeit? Strumpfhose. Ja doch, es ist schon kalt. Nein, der Pullover kratzt nicht. Doch, er kratzt. Sweatshirt. Hast du die Hausübung gemacht?, frage ich und vergesse die Frage sofort wieder. Komm, geh, es ist schon spät. Es ist doch noch dunkel. Die Schultasche, ein Riesending auf diesem schmalen Kinderrücken. Einschneidend ist das. Ich tauche unter die Ausflugsboote mit den bunten Wimpeln, ich lasse die grellen Lichter und den Höllenlärm, der sich aus den übervollen Lautsprechern presst, über mir zurück, ich tauche hinaus ins offene Meer. Als ich in der Firma ankomme, hat sich die Nacht verzogen. Habe ich das Licht ausgeschaltet? Und den Herd?

Werner hat gute Laune. Er grinst, als er mich sieht. Er hat etwas zu feiern. Beförderung. Ah ja, denke ich und gehe in mein Zimmer. Eigentlich ein Kammerl. Ein Import-Export-Kammerl. Nein, heute geht es nicht, sage ich. Na komm, sagt Werner. Sei doch nicht so. Doch, denke ich, ich bin so. Eigentlich hätte ich befördert werden müssen. Keiner sagt was. Nur Werner, der redet ohne Unterlass. Ich sammle seine Worte ein für später, damit ich nicht schwach werde, nachher, wenn alles anders ist. Wenn er ganz anders reden wird. Wenn er mich an die Wand drücken wird und ich werde es geschehen lassen. Mehr noch. Wer soll das verstehen. Ich nicht. Ich habe keine Zeit. Ich habe nur Schubladen voller Messer. Mit einem Hüftschwung habe ich die Laden geschlossen, die Hände voll mit Helene. Hier, deine Jause! Hast du dir die Zähne geputzt? Und was ist mit Kämmen. Das Kind schlägt die Augen nieder und lügt, was das Zeug hält. Dann geh eben so, du wirst schon sehen, was du davon hast. Die riesige Schultasche auf dem schmalen Kinderrücken, einschneidend.

Werner ist kein Kind von Traurigkeit, never fuck the company, sagt er und lacht, das wissen alle in der Firma. Ich bin nicht die Erste und nicht die Letzte und die Einzige auch nicht. Aber ich bin die Stillste: Mein Motor läuft leise, auch wenn mein Herz so wild ist, dass der Bosporus Falten schlägt. Meinen Motor kann er nicht hören, dafür ist er zu vergnügt. Zu beschäftigt. Ich auch. Ich bin auch zu beschäftigt, Werner. Es muss aufhören, höre ich mich sagen und er hört auf. Einfach so, als ob nie etwas gewesen wäre. Helene ist wie er. Wenn sie nach Hause kommt, lacht sie und lügt mir das Blaue vom Himmel herunter. Wann hat das angefangen, wann wird es aufhören? Wann kommt die andere Zeit?

35

Alexander hat eine Pfauenfeder auf den Tisch gelegt, quer
über das neue Heft. Der jungen Ärztin spannt der Rock über
dem Bauch, wir wechseln einen Blick: Ja, es stimmt. Manni erzählt mir etwas von Palatschinken. Die Deutsche sagt
immer wieder, dass sie Dorothea heißt, Herbert raucht eine
nach der anderen. Der Aschenbecher quillt über, meine Geduld ist bald erschöpft. Seine auch. Da kriegt er Krebs und
alles ist plötzlich egal. Helene hat sich geschminkt: Wimperntusche, Lidstrich, Lidschatten. Lippenstift. Sophie kann
plötzlich malen. Im Park unten rascheln die Verrückten herum wie Mäuse. Bald ist Winter, das ist der letzte Auslauf.
Ich fahre mit dem Lift ins Erdgeschoß, schaue der Tür beim
Aufgehen zu, verlasse die Kabine. Im Spiegel an der Rück-
wand bleibt ein Teil von mir zurück. Wenn ich hinschaue,
ist er weg.

Meine Finger sind so alt geworden, sage ich zu dem verwäs-
serten Kerl, der mir gegenübersitzt und mit dem Messer in
seinem Kaffeehäferl herumrührt.

Er versteht nicht, was ich sage, aber er schaut interessiert.

Ich winke und winke, aber niemand kommt. Herbert liegt
ein Stockwerk höher. Intensivstation.

Es tut uns leid, sagt jemand.

Mir auch, sage ich.

Ich sitze da und warte auf ihn. Ich sitze im Speiseraum und
warte, dass jemand kommt und mir die Semmel aufschneidet.
Der verwässerte Kerl beginnt zu reden. Ich verstehe ihn nicht,
aber das ist egal. Mein linker Zeigefinger beginnt sich zu krüm-

men. Oben, kurz vor dem Fingernagel. Mein Rücken juckt. Wahrscheinlich eine Waschmittelallergie.

Wo sitzt eigentlich die Deutsche? Entschuldige: Dorothea.

Intensivstation? Sie auch? Das kannst du jemand anderem erzählen, aber mir nicht.

Alexander hat jetzt ein Aquarium. Mit Buntbarschen, sagt er, und dass unlängst welche aus dem Wasser gesprungen sind. Tot und glitschig sind sie auf dem Boden gelegen.

Das haben sie davon, sage ich.

Helene hat eine schwere Glasplatte oben draufgelegt, damit das nicht wieder vorkommt. Der Bub kriegt ihr sonst ein Trauma.

Wie in einem Gefängnis, sage ich. Die armen Fische.

Sophie malt mein Zimmer: ein Tisch, zwei Sessel, ein Kasten, ein Bett, ein Nachtkästchen. Die Tür ins Bad, die Tür auf den Flur. Fenster, Balkontür. Vorhänge. Sie vergisst nichts. Auf dem Tisch ein Stoß mit Heften. Daneben das neue.

Aus dir wird einmal etwas werden, sage ich.

Und ich?, ruft Alexander.

Helene sagt: Lass die Oma in Ruhe.

Der Verwässerte sucht seinen Stock, seine Hände sind noch älter als meine, sie zittern. Parkinson? Ich kenne mich aus. Lukas hat dafür gesorgt, dass ich mein Handy wieder bekommen habe. Ich kann jetzt wieder googeln. Nein, ich werde Lukas nicht mehr anrufen. Zu keiner Tages- und Nachtzeit werde ich ihn anrufen. Ich rufe alle guten Geister an, aber ihn nicht. Niemals.

Ich frage Manni, ob er sich über ein Kämme-Set freuen würde. Sogar aus Schildpatt. Er sagt, dass er schon eines zu Hause hat, aber eine Kette für seine Uhr hätte er gern.

Oje, sage ich. So geht das nicht. Sind wenigstens die Palatschinken etwas geworden?

Ja, perfekt, sagt Manni.

Könntest du mich am Rücken kratzen?, bitte ich ihn.

Mit der Pfauenfeder?, fragt er und nimmt sie in die Hand.

Lass mich nachdenken, sage ich. Ich muss mich entscheiden.

Kennst du Houdini?, frage ich ihn, aber er antwortet nicht, er spielt. Wie ein Kind fährt Manni mit der Pfauenfeder in der Luft herum. Fährt sich dann über die Wangen, setzt sie sich in seinen Dutt. Hält sie sich an den Rücken. Richtet sie wie einen Zauberstab auf meinen Tisch, meine Sessel, auf meinen Kasten, mein Bett und mein Nachtkästchen. Auf mich. Auf die Badezimmertür, auf die Tür, durch die er gekommen und durch die er bald wieder gehen wird. Er muss lernen, die nächste Prüfung muss er schaffen. Sonst ist Ende Gelände mit dem Begabtenstipendium.

Houdini hat sich aus jedem Aquarium befreien können, sage ich. Er hat jedes Wassergefängnis überlebt.

Auch wenn ich aus der Nummer nicht mehr herauskomme, gebe ich nicht auf. Ich gebe nicht auf. Nie.

Ich erzähle Manni von Alexanders Buntbarschen, er hört nicht zu. Er ist heute sehr komisch.

Leg die Feder zurück, wo du sie hergenommen hast, sage ich schließlich. Für mich nimm besser die Salbe.

Und warum trägst du ihre Kämme nicht?, frage ich ihn, als er die Salbe (kalt ist sie) auf meinem Rücken verteilt.

Wieso ihre?, fragt er.

Verstehe ich nicht, sage ich.

Macht nichts, sagt er. Man muss nicht alles verstehen.

Ich bin irritiert.

Als er die Salbe verschließt, sagt er: Sie ist ein Er.

Da verstehe ich.

Stimmt, sage ich. Man muss nicht alles verstehen. Aber wissen muss man es schon.

Er legt die Salbe auf den Nachttisch, noch immer hält er seinen Kopf so, dass ich ihm nicht ins Gesicht schauen kann.

Müssen, was heißt schon müssen, sagt er. Aber besser ist es. Er schaut mich an.

Und wie heißt er?, frage ich.

Maxim.

Ein schöner Name, sage ich, und da lüge ich nicht einmal. Maxim. Klingt wie der Name eines Schauspielers.

Musst dir nichts denken, sage ich. Beim Import-Export haben wir schon so einen gehabt, da bist du noch in der Ursuppe geschwommen.

Manni lacht. Man weiß ja nie, sagt er und kippt das Fenster. Wegen der frischen Luft, sagt er.

Ich hab dir doch gesagt, dass ich schon seit immer modern bin, sage ich.

Plötzlich riecht es nach frischem Gras. Jetzt höre ich auch den Rasenmäher.

Die mähen zum letzten Mal für heuer, sage ich. Es wird Zeit, du musst jetzt gehen.

wenn es überhaupt je / je eine chance gegeben hat / mehr als gegen das mauerwerk zu rennen bis / der kopf blutet, aber nur / im übertragenen sinn / gab es nie / übertragener kopf / übertragener sinn / ich leg meinen ranzen hin / ist eh schon ganz abgefetzt / zurechtgetragen, das halbe kreuz hab ich an ihn verloren / ich leg ihn ab für allezeit (und das ist so entsetzlich traurig) und / hin in die / straßenschluchten lass ich ihn fallen / falle ihm nach und nach / verliert sich dein geruch und deine / wangen werde ich vergessen, deine augen, deine hände / deinen mund. wie hat der schweigen können / wenn es drauf angekommen ist

36

Vor der Tür sind Schritte zu hören, Stöckelschuhschritte. Meine? An der Klinke meines Zimmers ein Schild: Bitte nicht stören! Schritte im Kontor, Kisten, die quietschend über den Boden gezogen werden, das Stöhnen der Hafenarbeiter. Die Läufigkeit und die Rufe der Möwen. Der Geruch von Plastik, in das sich die hohen Absätze bohren, so schwer ist die Last. In Ewigkeit Amen: Ich schlage ein Kreuz überm leeren Bett der Deutschen. Sie ist weg. Das schwarzweiß gestreifte Sakko hat sie zurückgelassen. Gut oder schlecht? Ist es? Ist es je gewesen, wird es jemals sein? Gewesen sein in Ewigkeit Amen und vergib uns unsere Schuld. Welche Schuld?, frage ich und was soll das alles? Fragt mich nicht, ich kann mich an nichts erinnern. Mein Hirn ist perforiert, zu viele Schusswechsel. Vor der Tür versammeln sich die Schergen. Sie trommeln auf die Tür. Bitte nicht stören!, rufe ich. Der Muezzin schreit ins Megafon. Hast du das gehört, sagt Herbert. Jetzt schreien die schon von unseren Dächern herunter.

Herbert, endlich. Vergiss die Schlampe aus dem Intensivbett. Dass die dich bis ins Intensivbett verfolgt hat, das glaubt mir doch keiner.

Doch, sagt Manni, ich glaube dir.

Und was kann ich mir dafür kaufen?, sage ich. Nichts kann ich mir dafür kaufen.

So ist das in der freien Wirtschaft. Angebot und Nachfrage. Wie beim Import-Export.

Männerwirtschaft, Weiberwirtschaft, ist eh alles eins. Verstehen muss man halt was von der Sache. Manni kann sich seinen Glauben sonst wohin stecken und er tut das auch. Wie eine Pfauenfeder steckt er sie sich sonst wohin.

Schaut gut aus, sage ich.

Gell, sagt er.

Herbert hustet. Die Deutsche wischt ihm den Auswurf vom Kinn. Ekelhaft. Alle zwei. Sie umarmt ihn. Er umarmt sie. Hingebungsvoll die beiden. In Ewigkeit Amen. Überall hängen Kabel und Schläuche. Es schmatzt und stöhnt und rotzt und röchelt. Jemand ruft Cut. Der Schnitter natürlich. Er steht am Schneidetisch, trägt einen Mundschutz und eine Brille mit Lupenaufsätzen und ein Käppi. Wie einer, der operiert. Die Lunge kann man nicht herausoperieren, sagt er. Ohne Lunge geht es nicht. Geht der gute Mann nicht mehr. Wird er nicht mehr gehen. Nie mehr, in Ewigkeit Amen.

Doch, traurig bin ich schon. Aber ich trage ihn sowieso im Herzen, sage ich. Besser ist das, sage ich.

Der mit dem Käppi schaut überrascht aus seiner weißen Wäsche. Sie haben da einen Fleck, sage ich und deute ihm auf den Hals. Auch er hat ein Privatleben. Ich nehme das zur Kenntnis. Hochachtungsvoll und so weiter. Man kennt das ja. Irgendwann ist immer Schluss.

Die Deutsche ist weg. Was für eine Deutsche?, sagt Helene. Sie kann das Lügen nicht lassen. Das Lügen ist ihre zweite Natur. Die erste bin ich. Das gebe ich zu. Aber mehr nicht. Mehr gebe ich nicht zu, um keinen Preis der Welt. Abstreiten, immer alles abstreiten, sagt Herbert. Geholfen hat es ihm nichts. Nicht in Wien.

Das kannst am Land draußen machen, aber nicht in Wien. Und dass er ein G'scherter ist, haben sie gesagt.

Das hat er nicht verkraftet. Da ist er ganz blöd geworden. Argwöhnisch war er, direkt aggressiv ist er geworden, wenn ich mir Wimperntusche, Lidstrich, Lidschatten, Lippenstift aufgelegt habe. Wenn ich meine hohen Schuhe angezogen und mir die leichte Jacke über die Schultern gehängt habe. Es war

Frühling, es war immer Frühling in diesen Tagen. Wo ich hingehe? In die Arbeit natürlich. Da hat er manchmal zugelangt. Nein, schön war das nicht. Das hat mir manchmal direkt die Luft genommen.

Ich flüstere: Sag, Kind, warum bin ich hier?

Ich weiß es nicht, Mutter.

37

Die Türen sind geschlossen, die Fenster: Hinterglasbilder, wohli-
ge Zufriedenheit. Hinter Büchern, neben Teehäferln kauern
(angezogene Beine, flauschige Decken), vor blau schimmernden
Bildschirmen hocken (auf der Couch, Popcorn, Chips), in trauter
Eintracht, Arm in Arm. Tröstlich soll das sein, während draußen
die Herbststürme die ersten Blätter vor sich hertreiben. Ich traue
dem Frieden nicht. Nicht mitten im Sturm.

Der Nachrichtensprecher nennt die vom Wind über die Flure
getriebenen Blätter Delinquenten, er schaut dabei geradewegs,
wie kühn schaut er in die Kamera. Verwegen. Ich suche nach einem Taschentuch, eines aus Stoff mit umgenähten Rändern für
die Erinnerungen. Ich treibe sie vor mir her, noch ist der Wind
warm: diese ersten Blätter. Zeichenblätter, Notenblätter, Blätter
mit Linien oder kariert. Blätter mit Korrekturrand. Bunte Blätter
mit Rückseiten zum Kleben. Schimmernde Blätter. Blätter ohne
Sinn und Verstand: irgendwo heruntergerissen, beschmiert, zer-
knüllt, weggeworfen. Achtlos. Herumliegen lassen und bei der
nächsten Gelegenheit aufheben (heimlich), öffnen, glatt streichen. Lesen. Es nicht glauben können. Lügen, wenn mir plötzlich jemand auf die Schulter klopft: Dich hab ich gemeint!

Dem Nachrichtensprecher ist die Brille einen Zentimeter die
Nase hinuntergerutscht. Er kriegt den starren Blick und ich bekomme etwas in die Hand gedrückt. Ich kenne es nicht, aber
kühl ist es und glatt. Glatt, verkehrt und wieder glatt oder eher
doch: verkehrt. Grundverkehrt und voller Widerhaken. (Her-
berts Angelausrüstung im Flur!) Es hätte ganz anders laufen
müssen.

Glatt, kein Blatt, kein Blatt Papier passt zwischen uns, sagt Herbert und ich denke an Werner. Kühl und glatt, so denke ich an Werner und an dieses Kind, das ohne Vater plötzlich dahergewachsen ist. Herbert: Ich bin doch nicht blöd! Oder: Glaubst du vielleicht, ich bin blöd?

Notizblätter, Kalenderblätter, der Wind treibt sie vor sich her, sie heulen auf, weil das so wehtut.

Ich werde schwanger und Werner wird Abteilungsleiter.

Herbert rechnet laut, ich rechne leise. Herbert fährt aufs Land und setzt einen Apfelbaum in den Garten seiner Eltern, weil das so der Brauch ist und weil wir das Haus und den Garten eh einmal erben werden. Ich bleibe in Wien, mir ist so schlecht, dass ich schon speiben muss, wenn ich nur ans Autofahren denke. Nein, ich will kein Speibsackerl, ich will nicht mit dem Zug fahren, ich will keinen Tee. Ich will keine guten Worte über meinen Kopf gehängt bekommen wie ein Mobile, einmal anstupsen und es bewegt sich tagelang. Da wird man ja irre, sage ich. Herbert redet über Hormone und ich rede tagelang kein Wort. Der Schock und danach ist nichts mehr wie davor.

38

Ich denke mir Erinnerungsfurchen ins Gehirn. Für die Zeit, die später kommt: Bett, Tisch, Sessel, Fenster, Balkon. Bett, Tisch, Sessel, Fenster, Balkon. Bett, Tisch, Sessel, Fenster, Balkon. Kasten. Gewand. Kasten. Gewand. Licht. Sonne. Vorhang. Füllfeder. Pfauenfeder.

Hinter der Tür zum Bad rauscht das Wasser: Meer, Bosporus, Brücke. Das offene Meer. Schwimmen. Tauchen. Der Turm der Galata.

Manni ist schon aufgestanden oder liegt er noch neben mir? Seine Seite ist leer. Zu viele leere Seiten. Zu viele Gräben, Schützengräben. Warum Schützengräben? Haben wir Krieg? Obacht, meine Herren, Herbert ist Fischer und kein Soldat! Ich geb ihn nicht her. Nie.

Wie er vor dem Haus gestanden ist mit seinem Moped. Eine Hand in der Hosentasche, die andere auf dem Sitz. Die Haare halblang wie ein Revoluzzer. Gern haben sie ihn bei mir zu Hause nicht gehabt. Am Anfang. Ich hab ihn sofort mögen. In der ersten Sekunde habe ich ihn in mein Herz geschlossen. Den Schlüssel habe ich dreimal umgedreht und dann ins Wasser geschmissen. Da hat er nicht mehr herauskönnen. Ich klopfe mir auf die Brust: Da drin ist er.

Wer? Manni ist jetzt auch fertig. Lang hat er gebraucht, bis er sich den Lippenstift aus dem Gesicht gewischt hat. Er hat – selbst im Schlaf hat er so entwaffnend gelächelt, dass ich ihn geküsst habe. Auf die Wangen, auf die Stirn, auf die schlafenden Augen. Eh nur ganz zart, dass er mir nicht aufwacht und alles merkt, aber der Lippenstift hat mich trotzdem verraten.

Gehen wir?

Ja, gern, sage ich und nehme seine Hand. Wie ein junges Mädchen komme ich daher. Bett, Tisch, Sessel, Fenster, Balkon, ich werfe Erde in die Erinnerungsfurchen (wie bei einer Beerdigung, in Ewigkeit Amen): Das Zimmer muss zu Hause bleiben, ich gehe aus. Disco? Bar? Erntedankfest? Schließlich ist Herbst. Die Frau, die unten im Glaskobel sitzt und aufpasst, dass ihr niemand auskommt, schaut verwundert von ihrem Bildschirm auf.

Wo geht's denn hin?, fragt sie, aber ich gebe ihr keine Antwort. Soll sie doch denken, was sie will. Ich verstehe nicht, warum hier immer alle so neugierig sind.

Ich weiche einen Schritt zurück: Die viele Luft, die mir der Wind entgegenbläst, haut mich fast um.

Warte einen Moment, sage ich und Manni bleibt stehen. Ich halte mich an ihm fest, kein junges Mädchen, sondern eine alte Frau mit schmerzenden Gelenken (entzündet vor lauter Sehnsucht!) und einem zerschossenen Gesicht. Ach nein: Gehirn.

Geht's wieder?

Ja, sage ich.

Manni macht mir die Autotür auf.

Bitte sehr, gnä' Frau, sagt er mit einer kleinen Verbeugung.

Inge für Sie, sage ich und lege einen Augenaufschlag hin wie eine Schauspielerin aus den Fünfzigern. Ich steige ins Auto, elegant und mit einem alles und nichts versprechenden Lächeln. Als sich Manni ans Steuer setzt, sage ich: Schön ist das Leben.

Ich habe es zu leise gesagt oder vielleicht auch gar nicht. Er hat mich nicht gehört, er fragt nur nach der Adresse. Ich sage sie ihm, ich kann sie immer noch auswendig, und er tippt etwas in sein Handy.

Damit wir auch richtig ankommen, sagt er.

Wo eigentlich?, frage ich. Was ist das für eine Adresse?

Wirst schon sehen, sagt er. Ist eine Überraschung.

Der Weg durch die Stadt ist laut. Und so voll. Ich muss die Augen schließen und mir die Ohren zuhalten. So ein Wirbel, das ist ja nicht auszuhalten.

Bitte nicht! Manni hat auch noch das Radio eingeschaltet. Uns haben sie einmal das neue Auto aufgebrochen – nur wegen dem Radio!

Komisch, woran ich mich erinnere, sage ich.

Er ist stehen geblieben. Ich öffne die Augen. Er steigt aus, geht vorne um die Motorhaube herum (legt dabei die Hand auf die Motorhaube, Ach Herbert, wir haben es doch so schön gehabt!), öffnet die Tür, reicht mir die Hand.

Kaum Leute. Nur ein paar Kinder, eines hat einen Fußball unterm Arm, eine Frau mit einer Einkaufstasche in der Hand. Ein Mann mit einem Hund. Ein kleiner Rauhaardackel ist das, haben wir auch einmal gehabt. Also wir zu Hause. Ganz zu Hause, meine Eltern. Mein Vater war ein richtiger Hundenarr.

Ich nehme Mannis Hand nicht. Nein, ich steige nicht aus, ich bleibe lieber im Auto sitzen. Hier scheint es ruhiger zu sein. Ich nehme die Finger aus den Ohren. Der Rauhaardackel kläfft. Sicher ist irgendwo eine Katze.

Komisch, woran ich mich erinnere, sage ich.

Erinnerst du dich an dieses Haus?, fragt Manni.

Ich schaue mich um: Hof, grüne Wiese, ein Blumenbeet, Rosen?, ein paar Bäume. Kaum noch Blätter an den Ästen, Herbert wüsste trotzdem, was für Bäume es sind. Ein Weg, fast wie ein Flur, Hauseingänge. Fünf oder sechs Stockwerke, graue Fassade. Niedrige Türen, kleine Fenster. Abgewohnt das alles.

Nein, an dieses Haus erinnere ich mich nicht. Ich sehe es zum ersten Mal.

Da oben, sagt Manni, da oben hat es gebrannt. Angeblich war über ein Jahr dort alles ganz schwarz.

Ich nicke. Ich nicke extra bedächtig, weil ich weiß, dass man das so macht, wenn es um ein Unglück geht. Daran erinnere ich mich, aber sonst erinnere ich mich an nichts.

Es gibt Augenblicke, die löschen sich von selbst aus, genau wie ein Wohnungsbrand. Genau wie ich. Wie ich ausgelöscht bin, wenn ich vor diesem Haus stehe und von nichts mehr weiß. Implodieren bis dorthin, wo die Kontinente einander berühren. Ewiges Schweigen, nur eines noch:

Manni, bring mich zurück.

39

Sei nicht traurig, sage ich. Gib mir lieber deine Hand, sage ich,
und er gibt mir seine Hand und ich gebe ihm meine. Wie zwei
Kinder stehen wir da und lassen alles, was kommt, gewähren.
Nur so geht es, Manni. Nur so kommst du weiter, sage ich
und: Sei nicht feig, es passiert dir schon nichts, wenn ich bei
dir bin und du bei mir.

Hand in Hand erzähle ich ihm also die Geschichte seiner
Mutter, wie sie mir einfällt. Heute so und morgen so. Was ich
erzähle, spielt keine Rolle, die Rollen spielen wir. Die Deutsche, der Bub und ich und die ganzen anderen. *Die Geschichten
wechseln mit den Jahreszeiten, wir aber bleiben gleich, wenn wir
die Augen schließen und einander gewähren lassen. Hab keine
Angst, wenn ich dir die Geschichte erzähle, wie sie mir der Wind
zuträgt. Wenn ich meine Augen schließe, bist du Hand in Hand
mit mir.*

*Die Geschichte kommt genau so daher, wie sie vom Himmel
fällt, wenn die Wolken ziehen. Wie sie in den Feldern liegt, so
bereitwillig, wie sie im Feldbett des Vaters schläft, träge, voller
Schwermut, lang bevor etwas passiert. Wie sie sich ins Moos legt,
das weich ist wie tausend Träume. Immer wieder soll's passieren.
Jedes Wort soll er // es ist dein Vater // jedes Mal soll er's aufs
Neue sagen // Er – es ist dein Vater – sagt jedes Wort aufs Neue //
und jedes Mal ist's wieder neu wie nie gehört. Die Mutter schließt
die Augen, als der Vater – endlich – ihre Plätze findet. Für immer. Moosplätze, Plätze unterm Himmel, unter hohen Fichten,
über denen die Nacht steht. Brechend blau, so heißt es. So kalt
kann es gar nicht sein, dass es nicht schön ist, sagt die Mutter,*

und dass es schön war für alle Zeit. Erst als die Sonne durch die Wipfel gestochen kam und das Ende der Nacht und dann dieses Kind und dieses Kind bist du, und die Mutter: deine Mutter, und der Vater: dein Vater, da wurde alles anders, da wurde alles fremd da draußen in den Gassen und später dann im Gewirr der Stadt. Mehr will ich nicht sagen, mehr gehört mir nicht. Gehört habe ich erst wieder dich, Bub, als du vollkommen unerwartet – wie es auch geblieben ist, wie auch wir geblieben sind – in mein Haus gekommen bist. In mein Zimmer gekommen bist in den durchwachten Nächten. Pass auf, was ich dir sage: Du kannst dich vorm Leben nicht drücken und nicht vor deiner Angst, du kannst nicht entlangschleichen an den Thujenhecken, die Ohren gespitzt, damit du ihre Schritte vor ihnen hörst, und dann glauben, dass du gelebt hast. Sie gesehen und geliebt, gehasst oder gefürchtet hast. Dein Leben musst du selbst leben, sage ich. Und zwar allein. Das kann dir keiner abnehmen. Kein Vater. Und keine: keine Mutter. Und keiner: kein Mann.

Ist dein Maxim ein Schauspieler?, werde ich Manni fragen, wenn er das nächste Mal kommt.

Ja, das könnte sein, wird er antworten.

Erzähl mir von ihm, damit ich dich später an ihn erinnern kann, sage ich mir so oft vor, bis ich mir sicher bin, dass ich es nicht vergesse.

40

Ich lass mich von Helene, nichts lass ich mich von Helene.
Was will sie hier? Ich vermisse die Deutsche, es ist so still hinter
der Wand. Kein Stampfen der Maschine, keine Atemzüge. Die
können mir erzählen, was sie wollen, ich glaube ihnen nicht.
Die Orange-Rote sagt, dass Helene einen Unfall gehabt hat.
Unfall?

Ich lass mich von Helene, ich lass Helene, ich lass den Unfall
durch meinen Kopf gehen, ich schick den Unfall in den Kreis
und warte, bis er wieder ankommt bei mir. Ich warte. Ich warte
auf Helene. Ich warte auf ihr Leben. Ich warte auf Lukas.

So viel kann der gar nicht zu tun haben, dass er nicht bei mir
vorbeischaut, sage ich zu der Orange-Roten, die irgendetwas
an mir herumschafft.

Ich möchte die Ärztin sprechen, sage ich. Und: Hat Ihre ge-
schätzte Kollegin das Kind schon bekommen? Und: Ob das da
unten Kastanienbäume sind? Und: Ja, es ist Herbst, die Blätter
fallen mir ein, fallen mir haufenweise zu. Aber trotzdem: Wer-
fen Sie doch bitte einen kurzen Blick auf meinen Schreibtisch,
peinliche Ordnung, da wird nichts übersehen, da geht nichts
verloren. Da fällt nichts zu, unbemerkt. Da fällt nichts weg,
ohne dass ich es kartografiert hätte, in Bezug auf den Wert für
die Firma, meine ich. Meine Güte! Nun stellen Sie sich doch
nicht so an.

Zufallen meine ich, wie die Erinnerungen ja auch nur zu-
gefallene Türen sind, dahinter das blühende Leben, sagt man.
Grüne Hügel und so. Ich kann das nicht bestätigen, über meinen Schreibtisch ist das nicht gegangen. Keinesfalls. Blätter

wie Hände, Blätter wie Hexennasen, Blätter wie Sommerwolken, die ein Kind gezeichnet hat. Herbert hat sie alle gekannt. Trotzdem liegt er jetzt am Zentralfriedhof. Als ob das da draußen zentral wäre. Abartig abseits. Abartig. Abartig. Abseits liegen die Gedanken, warten aufs Aussteigen. Über die Geleise gehen, durchs große Tor, es ist ein warmer Herbsttag, die Leute schwitzen in ihrem viel zu warmen Gewand. Die Köpfe gesenkt, die Hände vor ihrem Geschlecht übereinandergelegt, so gehen sie daher. Abgerissen sind wir, Herbert. Auseinandergerissen wie die Kontinente. Lass uns ein letztes Mal ins Wasser springen. Mitten zwischen Europa und Asien. Mitten zwischen Leben und Tod bin ich. Einen letzten Sprung noch von der Brücke tun, aufs offene Meer hinausschwimmen, zwischen den blinkenden Booten mit den bunten Wimpeln sein, glitzernd in den Wellen liegen, bis wir uns in den Wellen verlieren.

Ich träume von dir, obwohl du mich nicht kennst.

Und dann hat mir jemand mein Geld gestohlen, erzähle ich der Orange-Roten, oder ist es die junge Ärztin? Ihr Kittel spannt über dem Bauch. Auf dem Heimweg in der Straßenbahn war das, als mir jemand ekelhaft ins Ohr geatmet und mir sein gedunsenes Geschlecht an den Hintern gedrückt hat, und dann war mein Geldbörsel verschwunden. Das passiert mir kein zweites Mal, habe ich zu Herbert gesagt. Das will ich hoffen, hat er gesagt und wild dreingeschaut. Wenn ich den erwische, hat er gesagt, aber wie hätte er den erwischen sollen.

Ich träume von dir, obwohl du nicht weißt, wer ich bin.

Ich finde ja, dass sie hier zu viele Leute hereinlassen. Das haben wir beim Import-Export ganz anders gehandhabt, sage ich. Ich bin doch noch nicht gestorben, sage ich, weil sie rund um mein Bett stehen und irgendetwas murmeln. Eine letzte Diagnose? Ein letztes Gebet? Ich vermisse die Kinder. Den Buben und das Mädchen. Und die Deutsche mit dem Na-

men. Ich muss Lukas fragen, wo die alle geblieben sind. Helene
kümmert sich einen Scheißdreck um mich.

Aber Sie sind doch noch gar nicht so alt.

Hören Sie endlich mit dem Lügen auf, sage ich. Schön langsam reicht es mir. Ich kann auch anders. Ganz anders. Ich
mache wilde Augen, mindestens so wild wie Herbert. Wie er
eben so war, noch vor dem Krebs. Aber ich bin nicht wie er,
ich gebe nicht auf. Nie. Wer aufgibt, stirbt. Und ich gebe auch
nicht nach. Ich lasse mich auch nicht aus dem Weg räumen,
nicht aus dem Betrieb drängen in irgendein Kammerl am Ende
des Flurs. Wo keiner hinfindet, wo eh keiner hinfinden muss,
weil da eh keiner hinkommen braucht. Ja doch, ich weiß, wo-
von ich spreche, auch wenn ich euch nicht verstehe, weil ihr
undeutlich und leise redet. Flüstert, als hättet ihr Angst, dass
ich euch auf die Schliche komme. Ich! Wo ich eure Schritte
doch schon höre, bevor ihr sie selbst hört. Oder hat es euch
die Worte so durcheinandergeschmissen, dass ihr sie jetzt nur
noch so ungefähr herausbringt aus euch? Hauptsache, ihr seid
sie los? Da steht ihr wie Bäume, so hoch, alle Blätter verloren.
Nicht, dass mir das Mädel aus euren Mündern herausfällt und
sich den Kopf aufschlägt, tödlich oder halb tot, was wird denn
dann mit den Kindern. Passt doch auf, verdammt noch einmal.
Denkt an die Kinder. Nie denkt jemand an die Kinder. Wo ist
Helene? Wo bleibt Manni?

Wer sich verliert, hat schon verloren. Schreib dir das auf und
denk an deine Mutter, wie ich sie dir erzählt habe, und denk an
mich, wie ich mich erzählt habe: Lackier mir die Fingernägel
und streich mir die Haare zurück. Wimperntusche, Lidstrich,
Lidschatten. Lippenstift. Bring die beste Creme und verteil
sie auf meinem Rücken, damit er endlich zu jucken aufhört.
Warten wir gemeinsam den Moment ab, bis mir die Creme
(duften muss sie auch!) eingezogen ist in meine Haut, dann

ziehe ich mir die weiße Bluse und die nachtblaue Hose an und den Blazer, den taillierten, und dann gehen wir auf der Uferpromenade spazieren. Was meinst du? Bub? Die von der Rezeption sollen Herbert Bescheid sagen, dass er die Kinder von der Schule abholt.

Wie meine Mutter, wie meine schöne Mutter sagt: Ein Kind ist doch kein Unfall. Wie sie dreinschaut, so traurig. Schenk mir noch mehr Enkel, sagt sie. Schenk mir die Welt und einen Rosenbogen, damit ich am Morgen unter ihm hindurch in den Tag gehen kann. Ich brauche das, sagt sie, aber dieser Mann ist wie ein Stock. Hat keinen Sinn für mich.

So gern wüsste ich, wie das alles ausgeht, sage ich.

Immer einen Fuß vor den anderen setzen, sagt meine Mutter und betrachtet ihre Füße.

Letal, sagt der Mann, der in der Tür steht und mein Vater ist. Ein großer, dunkler Mann. Gabriel, wie der Erzengel.

Er ist so anstrengend, sagt meine Mutter und ich: Er ist dein Mann. Und sie: Du bist mein Kind. Und ich: Und seines.

Da lässt meine Mutter, da lässt meine schöne Mutter ganz weit hinten, dort, wo keines der Schiffe mit den bunten Wimpeln hinkommt, Millionen von Tränen glitzern. So schön!

Du sollst doch nicht weinen, sage ich, wie ich es gelernt habe, und sie: Ich weine doch nicht. Sie lügt noch besser als Helene.

Und er, der mein Vater ist, steht in der Tür und schaut sich das ganze Schauspiel an. Schüttelt den Kopf, sagt: Weiber, dreht sich um und geht. Ich laufe ihm nach, über den Flur, durch die Tür, hinaus in den Garten, hinaus auf die Gasse, aber da ist niemand mehr und im Haus singt meine Mutter laute Lieder. Lass sein, sagt sie, als ich das Radio einschalten will. Bring mir lieber Kinder, viele Kinder, damit ich für jede Stunde, damit ich Tag und Nacht eines um mich habe. Zur

Hand habe, sagt sie und ich höre etwas: Es müssen kleine, harte Räder sein, weil es kräftige, kurze Schläge sind, die den Boden erschüttern. Ich kenne das Geräusch: Die Deutsche wird aus der Intensivstation zurück in ihr Zimmer gebracht.

Die Augen geschlossen, wie tot liegt sie da, so weltabgewandt, so friedlich. Sie hat nichts mehr mit mir zu tun und mit meinen Geschichten. Sie hat jetzt ihr eigenes Universum. Genau wie mein Vater Gabriel, genau wie auch meine schöne Mutter dagelegen ist, und ich habe ihre Stirn geküsst, zum ersten und zum letzten Mal, und dann sind sie eingegraben worden. In einem Grab liegen sie, gemeinsam, und ich habe Rosen gesetzt. Einen Grabstein habe ich anfertigen lassen, damit niemand ihre Namen vergisst. Auch ich nicht. Einen Kopfverband hat die Deutsche, wie ein eng gebundener Turban kommt er mir vor. Oder ein Steckkissen wie das, in das mich meine Mutter, in das ich später Helene gesteckt habe. Wie Larven. Beide Arme und ein Bein in Gips. Das arme Kind. Wer hat ihm das angetan.

Kannst du mich hören, flüstere ich. Wenn ja, dann bewege einen Finger. Oder öffne die Augen.

Die Deutsche bewegt sich nicht, erst als ich ihr einen Spiegel vorhalte: Da atmet sie so, dass er sich beschlägt. Geht doch, sage ich laut, viel zu laut vor lauter Freude. Vorwurfsvoll schaut sie mich an, als sie schließlich die Augen öffnet.

Das ist Ruhestörung, sagt sie. Wir Deutschen nehmen es nämlich genau.

Der weiße Turban kriegt rote Flecken. Ich muss zurück in mein Zimmer, wenn die Nachtkontrolle kommt, muss ich im Bett liegen. Reglos. Höchstens die Backen rot von ein paar schönen Träumen oder furchtbaren, wie wir sie im Sommer zu Dutzenden geträumt haben. Jetzt aber wissen wir, wie alles ausgegangen ist, so in Wirklichkeit. Da bleibt nicht mehr viel, sagte ich zur Deutschen und schicke mich an zu gehen, da setzt sie sich auf, hebt den Gips von den Armen und dem Bein, nimmt den Turban vom Kopf.

Reingelegt!, ruft sie und schüttelt sich vor Lachen. Sie hat die Rolle bekommen. Ergattert, sagt sie und zeigt auf das schwarzweiß gestreifte Sakko, das sie beim Heimkommen wohl achtlos über einen Sessel geworfen hat. Sie springt aus dem Bett, nimmt mich an den Händen und reißt mich in einen Tanzkreis hinein, dass mir ganz schwindlig wird.

Hör auf, rufe ich, ich vertrag das nicht mehr.

Ach, hab dich nicht so, sagt sie, und der Kreis dreht sich schneller und schneller und ich mittendrin, bis ich breche. Ich höre das Würgen, das Herausbrechen, wie das ganze Nachtmahl auf den Boden fällt mit einem Platschen.

Das gibt Ärger, sage ich.

Wir streiten das knallhart ab, sagt die Deutsche. Da erinnert sie mich an Herbert, wenn er gut drauf war. Gut ausgegangen ist das nie. Ich drehe mich zur Wand.

Ich muss jetzt schlafen, sage ich. Gleich kommt die Nachtkontrolle. In meinem Rücken, die Deutsche, sie ist beleidigt. Ich kann das spüren, auch wenn sie kein Wort sagt.

42

Die Frau nennt sich Assistentin. Klar und deutlich schafft sie mir jeden Handgriff, den ich tun soll, an und zeigt mir die Positionen, die ich einnehmen soll. Sie spricht mit, während ich atme. Die Nase hat sie mir mit einer Schaumstoffspange verschlossen, in meinem Mund steckt ein Gerät, durch das ich einatmen kann. Oder nicht einatmen kann, ganz wie es diese Assistentin mit der deutlichen Aussprache will. Ich wiederhole ein paarmal Assistentin, Assistentin, Assistentin.

Mit den Lippen umschließen und einatmen, ausatmen. Und noch einmal: einatmen, ausatmen. Und dann tief, tiefer und noch tiefer ein- und wieder ausatmen.

Die Assistentin nimmt mir die Nasenspange ab und das Gerät aus dem Mund. Danke, sage ich und merke, dass meine Schultern hängen, als ob ich ein Kind wäre, das etwas ausgefressen hat.

Habe ich etwas ausgefressen?, frage ich also.

Aber nein, Frau Heiligstetter, alles in Ordnung.

Habe ich etwas ausgefressen?, frage ich.

Aber nein, alles in Ordnung, Frau Heiligstetter.

Ich kann nichts dafür, sage ich.

Ich weiß, sagt die Frau, ihre Aussprache ist wirklich deutlich. Ich verstehe jedes Wort.

Eigentlich hat er schon schwimmen können. Es hätte ihn nicht abtreiben dürfen. Das müssen Sie mir glauben, sage ich also.

Ich glaube Ihnen, sagt sie.

Und warum wird dann mein Atem gemessen?

Wegen der Vorräte, sagt sie, und das leuchtet mir ein. Das Wartezimmer ist voller Leute. Da muss man sich vorbereiten. Vorbereitung ist alles, Werner hat das auch immer gesagt. Sonst gehen wir auf einmal in Arbeit unter. Und ja, ohne Sauerstoff geht da gar nichts.

Leider zu spät, sage ich.

Besser spät als nie, sagt diese andere Frau. Sie ist doch noch so jung – Alle hier sind so jung. So ahnungslos noch! –, dass sie gar nicht wissen kann, was spät bedeutet.

Besser, Sie plappern nicht alles nach, was Sie hören, sage ich.

Kommen Sie mit, sagt sie. Wir müssen noch ein paar andere Untersuchungen machen.

Die sind doch schon lang abgeschlossen, sage ich.

Wir haben sie wieder aufgenommen, sagt sie.

Es war nicht meine Schuld, sage ich.

Nein, nichts ist Ihre Schuld, sagt die Frau mit der deutlichen Aussprache.

Wie schade, dass sie ihr außerordentliches Talent ans Lügen verschwendet.

Da ist plötzlich jemand im Zimmer. Ich habe doch niemanden kommen gehört, ich schreie auf.

Bin doch nur ich, Manni.

Ich weiche zurück, bis ich an der Balkontür anstoße. Ich habe meine hellen Minuten. Ich sehe die Gefahr.

Was wollen Sie hier?

Inge! Ich bin's doch. Manni.

Manni?

Ja, Manni!

Und warum bist du da?

Du hast so laut geweint.

Ich greife mir auf die Wangen, sie sind nass. Ich öffne die Augen, sie stehen unter Wasser.

Salzwasser wie vom Meer. Zu weit geschwommen, zu tief getaucht, zu viel gehört, zu viel gesehen – und nichts. Nichts gesehen und nichts gehört. Einen Strich gezogen // Ein klares Ende musste sein und drunter der Morast // Der Blasen wirft, giftige Blasen, die aufsteigen bei jeder Gelegenheit. Vergessen wiegt schwer, das musst du mir glauben. Und trotzdem steigt es immer wieder auf. Wer wird bei mir sein, wenn ich es nicht mehr halten kann?

Wirst du bleiben, wenn ich gehe? Hast du die Hefte, in denen ich dir alles aufgeschrieben habe?

Er nimmt meine Hand: Ich bleibe. Ich verspreche es.

Ehrenwort?

Großes Ehrenwort, sagt er und legt seine Hand aufs Herz.

Ich hebe meine Hand in die Höhe, strecke Zeige- und Mittelfinger zu einem V und sage Peace.

Er macht es mir nach.

Jetzt sind wir Brüder, sage ich.

Oder Schwestern, sagt er.

Genau, sage ich.

Was hast du da in deiner Tasche?

Meine Bücher. Ich habe viel zu lernen, bald ist die nächste Prüfung.

Bist ein guter Bub, sage ich. Wirst ein guter Arzt werden.

Mehr gibt es heute nicht zu sagen.

44

Ich muss mich erst umziehen. Mit den Flecken auf der Bluse gehe ich nirgendwohin. Ich habe mich – wie blöd – anstecken lassen. Sie sollten mir besser jemand anderen an den Tisch setzen, einen, der seinen Löffel noch halten kann. Nicht dass er ihm immer wieder aus der Hand fällt und in den Suppenteller fällt und Suppe spritzt überallhin und er lacht wie ein kleines Kind, als ob das ein Spaß wäre, aber er lacht so sehr, dass er mich ansteckt, und da fällt mir auch schon mein Löffel aus der Hand. Aber hergeben, sage ich, werden wir ihn nicht. Plötzlich so kindisch geworden, weil eh schon alles egal ist oder weil ein Gedanke da oben im Kopf ein paar Linien übersprungen hat. Auch ist es manchmal so, dass sich Sätze einfach losreißen und mir im Kopf herumschießen wie verirrtes Kanonenfutter. Wollen sich nicht fangen lassen. *Erklär mir den Kopf und ich erklär dir die Welt.* Ich schreib dir alles auf. Der Rest liegt bei dir.

Die Bluse, die Flecken, die Abfahrt. Ausflug nennen sie das. Alles, was Flügel hat, fliegt. Erinnerst du dich? Ich mache immer noch nicht mit. Ich bin doch kein Kind! Helene, ja die wollte immer Flügel haben, ein Engerl wollte sie sein, in den Schnee hat sie sich gelegt (weiß und kalt und unbeschrieben), die Arme hat sie ausgebreitet und sie langsam hinauf- und hinunterbewegt. Aufgestanden ist sie und dann lag das Engerl im Schnee. Sein Abdruck. Ihr Abdruck. Sein Abdruck. Dein Bruder ist ein Engerl, ist mir da in den Kopf geschossen und um Haaresbreite auch aus dem Mund. Fast hätte ich darauf vergessen, Manfred. Heute keine Kosenamen, Manfred. Wenn es ernst wird und schwer, wird nicht gekost.

Wird nicht geherzt. Werden keine langen Blicke getauscht. Wenn es ernst wird, muss man ganz alleine stehen. Schau, wie ich das kann: Ganz alleine stehe ich da mit diesen furchtbaren Sätzen im Kopf. Voller Angst schießen sie herum, mit letzter Kraft, bevor ihnen die Luft ausgeht und sie in sich zusammenfallen, verschwunden und vergessen sind auf ewig und ich mit ihnen.

Ausflug, ausgeflogen sind sie alle, nur ich bin zurückgeblieben und das tut mir leid wie so vieles. Ob du mir helfen kannst? Nein, du Guter, leidtun muss einem alles ganz alleine. Einfahren muss es einem wie ein Feuerwerkskörper. Explosionen? Erwünscht! Ja doch. Kirmes sagt die Deutsche, Prater sagen sie in Wien. Kirtag haben wir gesagt, damals am Land. Wimpel, bunte Lichter, laute Musik, die aus allen Lautsprechern quillt. Auf den Wogen des Glücks reiten für einen Moment. Die Augen öffnen und dann war es wieder nur einer von den Nachbarburschen. Ich habe die Augen geschlossen und ihn geliebt ohne Ende bis zum nächsten Jahr. Bis Herbert gekommen ist. Da war alles anders, aber das weißt du ja schon. Zu viel reden macht die größte Liebe kaputt, das kannst du dir auch gleich merken für deinen Maxim. Vielleicht wird dann ja doch noch alles gut bei dir.

Helene hat einen Turban um dem Kopf gewickelt und Pflaster im Gesicht und einen Gipsarm. Sie hat einen Unfall gehabt. Unfall, Manni. Hast du eine Idee, was das sein soll? Wer fällt um, wenn er mitten im Leben steht? Steht, Manni, steht! Und wie soll ich ausfliegen, wenn sie mir die Balkontür abgeschlossen haben. Wenn ich die Vorhänge auf die Seite schiebe, kann ich aber trotzdem den Schnee sehen, wie er weiß, kalt und unbeschrieben da draußen auf dem Boden liegt wie die neuen Hefte auf meinem Tisch und weich überzieht er auch das Geländer. Lückenlos. Wie Staubzucker.

Puderzucker, sagt die Deutsche. Sie probt für diese Rolle, die sie bekommen hat. Ich höre jedes ihrer Worte, jeden ihrer Sätze, so laut spricht sie sich vor, was sie zu sagen hat. Ich wünsche gutes Gelingen, sage ich, wenn ich ihr am Flur begegne. Korridor, sagt sie, und ich: Korridore gibt es nur im Krieg. Friedenskorridore für Getreide oder für die Flucht. Aber hier? Haben wir hier Krieg?

Der Krieg ist überall, sagt die Deutsche. Er ist der Vater aller Dinge.

Aber nicht doch der Menschen, sage ich.

Du Träumerin, sagt die Deutsche.

Abfällig hört sich das an. Seit sie die Rolle gekriegt hat, hält sie sich für etwas Besseres. Ich werde mich bei der Anstaltsleitung beschweren. Einstweilen sage ich nur, ich muss es aufs Geratewohl sagen, kein Widerhall ist sonst in meinem Kopf, kein anderer Satz, kein anderes Wort: Du hast doch nicht einmal Kinder!

Sie aber lacht nur: Ich habe ganz wunderbare Kinder. Über die ganze Welt sind sie verstreut, aber ich liebe nur eines. Ich hatte die Wahl und ich habe sie getroffen. Und was machst du? Machst du überhaupt irgendetwas anderes, als mir die Ohren an die Wand zu legen?

Ich glaube, sie hat sich in ihrer Rolle verheddert. *Erklär mir den Kopf und ich erklär dir die Welt,* sage ich.

Ich finde das gut, die Deutsche aber lacht nur: Du kannst dir doch nicht einmal meinen Namen merken!

Können, natürlich kann ich, denke ich, aber wollen!

Ich will nicht, sage ich. Ich will lieber hierbleiben. Echt.

Ausflug? Nein danke. Nicht mit dieser Bluse. Umziehen? Nein, ich ziehe mich nicht um. Nie wieder. Ich habe – und da erinnere ich mich jetzt so genau, als ob es gerade jetzt passieren würde –, ich habe extra meine Wohnung abgefackelt in einem großen Sturm. Das hat mich fast das Leben gekostet. Vergessen Sie das nicht, ich habe mit maximalem Einsatz gespielt, mehr geht echt nicht, und jetzt bin ich hier und ich bleibe auch hier. Endstation Kopfbahnhof. Mich werdet ihr nicht mehr los.

Ende der Diskussion, sage ich zu der Pflegerin. Ich erkenne sie an ihrem Becken, Elisabeth heißt sie und sie hat immer noch diese freundlichen Augen. Trotzdem wiederhole ich: Ende der Diskussion.

In memoriam Herbert sage ich das, denn natürlich weiß ich, dass er tot ist. Das muss man mir nicht andauernd unter die Nase reiben.

Sie versteht mich nicht. Es geht sie eh nichts an. Sie soll erst einmal ihre Kinder auf die Welt bringen.

Ich schweige. Es dauert lang, bis sich meine Gedanken beruhigen.

Lass mich still, denke ich, als es draußen dunkel wird, und ich denke es versöhnlich.

45

Unzivilisiert. Unzivilisiert. Unzivilisiert. Unzivilisiert. Unzivilisiert.

Unzivilisiert, sage ich.

Ich gehe in meinem Zimmer auf und ab, ein Wort, ich bin nur dieses Wort, mehr weiß ich nicht. Wie lange schon?

Die Beine gehen, die Füße treten auf.

Atmen, die ganze Zeit atmen und in der Brust sitzt bald die viel zu schwer gefang'ne Luft // Weiß bald nichts mehr // Nichts // Weiß nicht mehr ein noch aus // Bald geht mir die Brust auf, bald geht mir das Herz davon // Wie ein Teig, der geht, geht das, Manni, vergiss das nicht. Nicht das Rezept. Buchteln. Am liebsten Buchteln / Eine Frau steht plötzlich da. Ich halte an.

Den ganzen Tag, sage ich, sind sie mit ihren Sonden durch mich hindurchgeschwommen, gefunden haben sie nichts.

Wo ist mein Mantel?, sage ich. Und barfuß gehe ich sicher nicht in den Schnee hinaus. Bin ich ein Rentier?

Du bist ja ganz verschwitzt, sagt die Frau und greift unter meine Decke, sie verzieht das Gesicht.

So geht das einfach nicht mehr, sagt sie. Und: Mutter, komm, du musst etwas Frisches anziehen.

Ich gebe nicht auf, sage ich. Ich brauch das nicht, sage ich. Wer bist du, dass du solche Sachen sagst?, sage ich und schaue auf meine Uhr.

Sie ist weg.

Wo ist meine Uhr?, sage ich. Um zwölf hat der Bub Schulschluss. Ich muss pünktlich sein. Mach, was du willst, aber gib mir die Uhr zurück. Sag mir die Zeit, ich bitte dich. Ich kann doch das Kind nicht allein vor dem Schultor stehen lassen. Es ist Winter, falls du das noch nicht bemerkt hast. Schau auf den Balkon! Der Bub hat doch noch keine Schlüssel und er kennt den Heimweg nicht. Gib mir die Uhr. Gib mir die Schlüssel. Gib mir alles, was du mir gestohlen hast. Wer hat dich eingeladen? Niemand hat dich eingeladen. Geh. Aber gib mir vorher wenigstens die Uhr.

Da sitzt ein Bub mir gegenüber, ich frage: Lukas? Meine Stimme ist so klein. Sie traut sich nicht, sie traut mir nicht. Traut mir die Wahrheit nicht zu. Lukas?

A-l-e-x-a-n-d-e-r, sagt die Frau mit dem Turban auf dem Kopf. Sie ist müde. Vielleicht eine lange Nacht. Der Lidstrich sitzt noch. Sie schickt jemanden zur Tür hinaus. Das sind gleich zwei Orange-Rote. Einen ganzen Wagen voller Wäsche schieben sie hinaus. Kommen da noch mehr? Ich kann meine Augen doch nicht überall haben. Unglaublich, das ist hier doch kein Durchhaus. Unzivilisiert. Unzivilisiert. Unzivilisiert. Unzivilisiert.

Schau, sagt jemand, der mir gegenübersitzt, und hält mir eine Schlangenhaut entgegen. Ich erkenne sie sofort.

Wo hast du die her?, sage ich.

Gefunden, sagt die Stimme. Sie gehört zu einem Buben.

Und wo ist das Mädchen?, frage ich. Ich frage streng, weil es Sachen gibt, die man ernst nehmen muss. Das soll der Bub gleich einmal lernen.

Nur Buben, das ist nicht mehr, sage ich, gleich noch einmal so streng.

Die Frau lacht.

Was gibt es da zu lachen?, sage ich.

Nichts, Mutter, gar nichts, sagt die Frau mit dem Turban.

Meine Tochter, müssen Sie wissen, die ist in Australien. Ganz allein, sage ich.

Ach so?, sagt die Frau.

Ja, so, sage ich und die Sonden kreisen zufrieden durch meine Adern. Wie U-Boote, wenn das Ping vom Sonar ganz regelmäßig kommt. Aufschlägt und sich wohlig im Wasser verliert. Ping. Ping. Ping. Ping. Einschläfernd. Gleich drückt es mir die Augen zu.

Schöne Schlangenhaut, sage ich zu Lukas. Ich geb dir eine Schachtel, nimmst sie morgen in die Schule mit. Da werden die anderen große Augen machen.

Da reiße ich plötzlich die Augen auf, da liege ich plötzlich im Bett mit riesigen Augen. Mir dreht es die Gedanken um, das Sonar schlägt aus.

Wo ist Sophie? Vor Schreck überschlägt sich meine Stimme.

Alles in Ordnung, sagt die Frau mit dem Turban.

Immer noch am Kinderskikurs, sagt Alexander.

Kinderskikurs? Kenne ich nicht.

Geht's ihr gut?, frage ich.

Alles bestens, sagt die Frau mit dem Turban und ich entspanne mich. Atme tief durch. Beruhigung. Ich schaue mich um.

Aber Sie, sage ich und zeige auf die Bandagen, die sich um den Kopf meiner Besucherin winden: Sie sollten besser aufpassen.

Mach ich, sagt sie.

Dann ist's ja gut, sage ich. Das Ping wird gleichförmig, entfernt sich, wird leiser, vergeht, das Meer liegt seelenruhig. Oben, im Turm der Galata, geht ein Mädchen zu Bett. Träumt wilde Träume, jetzt, wo selbst die Nacht tief schläft. Unter Sternen. Wie das so ist. Ja, ich erinnere mich an euch und an die Nächte, und auch wenn ich eure Namen nicht mehr weiß: Ich schlaf in euren Armen.

46

Wir waren gestern rodeln, erzähle ich Manni.

Er sitzt an meinem Tisch und studiert seine Bücher. Die Nachmittagssonne scheint auf sein Krönchen. Hübsch schaut er aus. Am liebsten würde ich aufstehen und mich zu ihm setzen, nur damit ich näher bei ihm bin. Aber die Beine, die machen das nicht mehr mit.

War's lustig?, fragt er.

Ja, aber anstrengend. Mir tun die Beine heute noch weh. Der Lift war kaputt. Aber wir wollten unbedingt und so sind wir den ganzen Berg zu Fuß hinaufgegangen. Mitsamt den Rodeln, die haben wir hinter uns hergezogen.

Respekt!, sagt Manni.

Ja, Respekt, sage ich. Helene hat natürlich nicht mitgemacht. Klar. Weil als das mit dem kaputten Lift herausgekommen ist, hat sie auf der Stelle kehrtgemacht. Zurück ins Hotel und dort wieder stundenlang fernsehen. Als ob wir dafür nach Tirol fahren hätten müssen. Diese Kinder! Manni, schaff dir bloß keine Kinder an!

Da liegt sein Blick schon wieder in seinen Büchern. Drei liegen aufgeschlagen vor ihm, er blättert in ihnen herum, als ob er etwas suchen würde.

Das Leben wirst du da drin nicht finden, sage ich – oder habe ich es nicht gesagt? Es ist so still in meinen Ohren. Manni stützt sich auf, legt seine Hand, wie so oft, auf eine Seite seines Gesichts. Stützt sich hinein mit so viel Kraft. Schließt seinen Mund, bedeckt seine Augen, ist wie verzweifelt, ist voller Fragen und will fraglos sein. Ich schlüpfe in ihn hinein, er merkt das nicht, ich lege mir die Hand aufs Gesicht: es ist die linke Seite, von ihm aus gesehen. Die Herzseite. Die hält er fest. Ja, halt ihn fest, denke ich, deinen Maxim. Lass ihn nicht gehen. Rede mit ihm, aber echt. Nicht lies ihm vor aus deinen Büchern, wenn er zu dir kommt und sich die Seiten hält, damit sie ihm nicht wegbrechen, wenn ihr beisammen liegt und es wird Tag. Nicht sprich mit ihm auf Latein oder Griechisch, so alt. Sei jung, Tom. Sei so jung, wie du kannst. Das Altsein kommt früh genug. Später dann. Hinter den Ecken, hinter die du nicht siehst. Komm an mein Bett, halt mir die Hand, streich mir die Haare aus der Stirn und schau deinen Händen nach. Rede. Schweig nicht nach innen, Tom. Das nimmt dir die Stimme, das presst dir das Herz ab, das bringt dich um, zuletzt. Nach außen musst du schweigen. Sodass es jemand sehen kann. Der es sieht und aufknöpfelt wie eine Strickjacke. Erinnerst du dich? Diese rote Jacke mit dem Zopfmuster von oben nach unten. Die Knöpfe aus Metall, tellerrund und so groß, dass unsere Finger sie fast nicht aufgebracht haben. Und die Mutter stand am Fenster, die Haare offen, das Licht schimmerte in wandernden Bögen in ihrem Haar. Und wir, voller Ehrfurcht: So schön war sie und so traurig und still. Geschwiegen hat sie nach innen. Wie du. Sprich, Bub. Sprich auch für mich.

Alles okay?

Ja, alles okay, sage ich und mache ihm das Victoryzeichen.

Kommst du voran?

Geht so, sagt er.

Kommst du morgen mit zum Rodeln? Die haben hier auch Rennrodeln. Das wäre doch was für dich!

Manni nickt. Gute Idee, sagt er.

Aber die kleine Ärztin lassen wir hier, sage ich. Die ist ja eh nichts für dich, sage ich. Ist außerdem vergeben. Hat den Bauch zum Platzen voll mit Kindern.

Eines wird reichen, sagt Manni.

Sei mir nicht bös, sage ich, aber davon verstehst du nichts.

Ich bin dir nicht bös, sagt Manni und lacht wie Herbert. Herbert war aber trotzdem bös. Auch wenn er das gesagt hat. Er war so bös, dass es mir nicht mehr egal sein hat können. Da hab ich das nicht mehr gesagt. So schnell geht das, Manni.

Ja, so schnell kann's gehn, sagt Manni. Er redet durch den Vorhang, durch die Fensterscheibe, er redet auf den Balkon hinaus. Er meint nicht mich, die Tür zum Balkon ist ja abgeschlossen.

Da liegt so viel Schnee draußen, dass wir einen Schneemann bauen könnten, denke ich und ich denke an Helene und ich denke an Lukas.

Wo bleibt eigentlich Lukas?, frage ich Manni und Manni: Was für ein Lukas?

Lukas, mein Sohn.

Ah der, sagt Manni. Der kommt sicher morgen.

Er klappt seine Bücher zu. Er muss jetzt gehen.

Grüße an Maxim, sage ich. Und: Rede mit ihm.

Er kommt an mein Bett. Nimmt mich nicht in den Arm, küsst mich nicht auf die Wange. Streicht mir nicht übers Haar. Beugt sich kurz nur her zu mir und sagt: Bis morgen, Inge.

Bis morgen, Tom, sage ich.

47

Er hat Schneeluft hereingebracht. Winter.

Winter?, frage ich.

Ja, Winter, sagt Manni, nimmt seinen Rucksack vom Rücken, stellt ihn auf den Boden, zieht seinen Mantel aus, nimmt den Schal ab, hängt ihn über den Mantel.

Trotzdem habe ich dir etwas mitgebracht, sagt er, greift in seinen Rucksack und zieht etwas heraus.

Aus Südafrika, sagt er und gibt mir eine kleine Schale mit Weintrauben in die Hand. – Und dann auch noch komplett in Plastik verpackt. So etwas kauf ich echt nur für dich!

Er nimmt mir die Schale wieder weg, reißt die Folie herunter und gibt mir die Schale wieder zurück. Endlich zieht er die Schuhe aus, sie sind voller Dreck, weiße Turnschuhe. Sogar im Winter. Wie die jungen Leute halt sind.

Wir waren doch auch nicht anders, sage ich zu Herbert.

Du schon, sagt er und nimmt meinen Kopf in die Hände. Hält ihn vorsichtig. Zart. Schaut mich an. Mit so viel Liebe.

Herbert, sage ich, du fehlst mir jeden Tag aufs Neue.

Ich weiß, sagt er und hat so tiefe Augen, dass meine Traurigkeit hineinpasst wie in einen Brunnenschacht. Oder ist es seine Traurigkeit, die ich da sehe? Ich weiß es nicht, ich habe es vergessen.

Es sind Weintrauben. Ich mag es, wenn die Trauben im Mund zerplatzen.

Woher weißt du das?, frage ich.

Woher ich was weiß?, fragt Manni.

Ist egal, sage ich und greife nach den Trauben.

Erst waschen, sagt Manni.

Im Mund, die Trauben. Keine Kerne?, frage ich.

Manni schüttelt den Kopf. Nein, sagt er, sollte nicht sein, und sag, war heute schon jemand bei dir?

Ein Plopp im Mund, eine Traube platzt, ich zeige auf den Tisch. Er soll in das oben liegende Heft schauen. Da lasse ich jetzt alles gegenzeichnen. Wie beim Import-Export. Sonst verliert man ja völlig den Überblick. Ein Zugang ist das hier, sage ich. Alle paar Minuten taucht jemand auf. Schrecklich. Da erinnere ich mich.

Die Schwarzhaarige war da. Hat mich tausend Fragen gefragt. Eine Zumutung, fast wäre ich ausfällig geworden.

Manni liest im Heft, nickt. Ich stecke mir noch eine Traube in den Mund, drücke sie gegen den Gaumen, bis sie zerplatzt.

Ja, sie war da, sagt er.

Sag ich doch, sage ich und Manni: Sind wir heute mit dem linken Fuß aufgestanden?

Aber sonst geht es dir noch gut, sage ich und Manni: Meine Großmutter war auch so streng.

Ich drücke den Saft aus der Weintraube, zurück bleibt die Haut, viel zu dick. Ich spucke sie aus.

Mein Herbert auch, sage ich und versuche, die Haut unters Bett zu schieben, aber sie bleibt auf den Hausschuhen kleben.

Der Herbert war sauer. Die ganze Zeit war der sauer, weil sie ihn in Wien nicht haben wollten. Weil sie ihn behandelt haben wie einen G'scherten. Die haben ihn dumm sterben lassen wollen, aber er hat sich gewehrt. Hat ihm eh nichts genützt und mir erst recht nicht. Dreinschicken hätte er sich sollen. Wie ich, sage ich. Aber da hat er das Blut nicht gehabt dafür. Die Helene hat das von ihm, sage ich.

Helene?

Kennst du Helene?, frage ich.

164

Deine Tochter?, fragt Manni.

Deine Tochter?, frage ich.

Nein, deine, sagt Manni und ich glaube ihm. Er ist der Einzige hier, dem ich vertrauen kann. Er hat plötzlich ein Taschentuch in der Hand, eines aus Stoff, eines mit umgenähten Rändern, ich kann das erkennen. Er wischt mir die Haut von den Hausschuhen. Da ist nicht nur eine. Mich wundert nichts mehr. Mich darf nichts mehr wundern. So fängt das Dreinschicken an, denke ich und ich denke an Herbert.

Weiß Herbert das auch?, frage ich ihn.

Ob Herbert was weiß?

Dass Helene von Werner ist.

Wer ist Werner?, fragt Manni.

Niemand, sage ich. Vergiss es.

Wie die gnä' Frau wünschen, sagt Manni.

So ist's recht, sage ich und schiebe ihm den Sessel zurecht. Und jetzt lern, dass aus dir was wird. So was wie Lukas.

Lukas ist mein ganzer Stolz, sage ich. Aber dann kommst gleich du.

Manni lächelt. Ich setze mich auf den zweiten Sessel und schaue ihm zu, wie er seine Bücher auspackt.

Da kann ich aber nicht lernen, wenn du mich anstarrst, sagt er und schaut sich um: Wo ist der Fernseher?

Den hat Helene kaputt gemacht, sage ich und erzähle ihm, wie sie ihre Holzschlapfen mit aller Wucht auf den Bildschirm geworfen hat.

Wenn du sie siehst, sage ich, richte ihr doch bitte aus, dass ich ihr das Jausenbrot trotzdem hergerichtet und schon in die Jausenbox gesteckt habe. Herbert hat Frühschicht und ich muss heute auch ganz früh raus.

Mach ich, sagt Manni.

Bist ein guter Bub, sage ich, aber jetzt lern endlich.

48

Wir haben Revision und ich habe niemanden für Helene.
Keiner will sie, sie ist so ein anstrengendes Kind. Die Schule
fällt aus, warum? Keine Ahnung, irgendwas mit pädagogischen
Tagen. Da können sie die Kinder nicht brauchen. Haha, sehr
witzig. Und du? Warum hast du keine Zeit? Notfallplanbe-
sprechung. Aha. Wo ist das Handy? Ich muss Manni anrufen.
Wo ist das Handy? Handy. Handy. Es ist jemand in der Wohnung, ich höre ihn genau. Er hat mein Handy, er hat Helene.
Helene, vergiss das Handy nicht, wenn du gehst. Und verlier
die Schlüssel nicht. Die Schlüssel. Schlüssel. Ich habe Revision. Kein Manni, aber diese anderen Leute. Komische Namen
haben sie. Falsche Namen, falsche Leute. Ich habe doch Revision, ich muss früh raus. Nimmt mir einstweilen wer das Kind.
Endlich Manni: Ich habe Revision und niemanden für Helene.
Angezogen habe ich sie schon. Skihose und Anorak, Haube,
Schal und Handschuhe. Sie wartet im Flur. Denkt sich neue
Lügen aus. Weint, weil ihr der Friseur die Haare abgeschnitten
hat. Pixie heißt das. Schaut so gut aus und sie plärrt. Sie ist so
sensibel, ein richtiges Stadtkind halt. Wenn wir uns so aufge-
führt hätten! Eine Tachtel hätte es noch oben drauf gegeben.
Oder was meinst du?

(Die traurige Mutter am Zaun, die langsamen Wasser im Bach
hinterm Haus und ich steh dazwischen und schau mir die Augen
aus dem Kopf und hab nichts gesehen, weil die Sonne so blendet
vor lauter schön. Da geht mir der Mund auf und gleich wieder
zu und ich glaub, dass ich träum, dabei war's nicht einmal das.
War ein Märchen aus Tausendundeiner Nacht. Ganz allein hab

ich's geträumt, während die Mutter den Boden verlor und der
Vater verschwand. Wer spricht?, frag ich. // Antworten gibt es
keine // Nur Kobolde, wie Elfen tanzen sie ums Bett, der Bach ist
leer bis zum letzten Tag. Er schweigt wie die Mutter, die schöne,
nur Sprünge, wie Geißsprünge der Kobolde sind sie zu hören am
trockenen Grund.)

Komm, sagt Manni, trinken wir erst einmal einen Kaffee.
Schau, du hast noch Zeit.

Und Helene?

Ich habe Helene zu meiner Mutter gebracht.

Sehr gut. Ich atme auf. Ein Kaffee geht sich aus.

Und Helene? Wo ist Helene?

Bei meiner Mutter. Da ist sie gut untergebracht.

Ja, erinnere ich mich. Da ist sie gut untergebracht. Die
Lichterbögen aus Holz dort im Fenster. Die leuchten, wenn
es draußen dunkel wird. Die Deutsche hat die ganze Nacht
randaliert, sage ich. Ich habe kein Auge zugetan. Lukas muss
etwas unternehmen. Ich trinke Kaffee, viel zu heiß ist er, nur
weil Winter ist, machen die den Kaffee so heiß, die Deutsche
muss weg. Lukas.

Lukas?

Mein Sohn.

Ach ja, ich erinnere mich.

Ich: Schreib ihn dir in dein Heft. Und schreib ihn mir gleich
neben deinen Maxim. Okay?

Manni: Seite sieben?

Ich: Ja, Seite sieben. Wenn Wochenende ist.

Manni: Wie heute?

Ich: Frag doch nicht so viel. Schreib lieber.

Ich setze mich auf den zweiten Sessel und schaue ihm zu, wie
er schreibt. Wie er die Feder führt, es ist die von Alexander,
aber das weiß er nicht. Wie das Auge der Feder schwankt,

wenn Tom zu fest aufdrückt beim Schreiben, wie es schillert, so wunderbar, wenn es schwankt. *Wie wunderbar schön das alles ist, wenn es den Boden verliert.*

Fertig, sagt Manni. Wollen wir rausgehen? Gute Luft und so?

Ich überlege.

Du musst doch schon schwitzen, so mit Anorak, Haube, Schal und Handschuhen.

Hast du die Jause eingepackt?, frage ich sicherheitshalber. Männer vergessen so etwas gern.

Ja, hab ich, sagt Manni und klopft auf seine Manteltasche. Hat er den Mantel nicht ausgezogen, als er hereingekommen ist? Und was machen die ganzen anderen Leute hier bei mir? Hat die Deutsche sie mir ins Zimmer geschickt? Ich suche Manni, da steht er, an seinem Krönchen erkenne ich ihn. Ich hänge mich an ihn, weiche ihm keinen Schritt von den Fersen.

49

Wenn die Zeit kommt, Tom. Was ist, wenn die Zeit kommt, in der ich nichts mehr weiß, nicht dich und nicht mich. Wenn es keine Fenster mehr gibt und die Türen verschwunden sind, sogar die zum Balkon. Alles ganz offen oder ganz zu, das kommt aufs selbe raus. Herbert, die Kinder, die wir waren, und die anderen, die ganzen anderen. Werner. Wenn alles abgestorben ist, nur ich bin zurückgeblieben. Leergelebt. Leergedacht. Leergehofft und mich dreingeschickt, weil's anders nicht mehr ging.

Ich habe Angst, Tom. Schreib das auf: Angst vor den Körpern, Angst vor den Körpergespenstern, die umgehn in mir. Schon jetzt.

Ein Griff und es schnürt mir das Leben ab. Ich sage Leben, trotzdem, auch wenn meins grad zurückläuft zum Anfang, der plötzlich das Ende sein will. Wie ein Unfall, wie Helene, wie der Sohn, den ich nie geboren habe.

Hast du gehört? Den ich nie geboren habe. Den sie mir aus dem Leib gekratzt haben auf meinen Wunsch. Wunsch sage ich. Mit offenem Hemd warten, abgeholt werden, auf den Spreizsessel klettern, die Beine auseinander. Sie haben geschlottert. Kannst du dir das vorstellen: Sie haben geschlottert, ohne dass ich es wollte. Auf meinen Wunsch hin haben sie mir meinen Sohn aus dem Leib gekratzt. Ich sage Wunsch, auch wenn es kein Wunsch war wie die anderen, die es gab. Dass Herbert bei mir bleibt. Dass wir ans Meer fahren. Dass wir uns lieben bis zum letzten Tag. Dass er mir Helene lässt.

Wenn die Körpergespenster umgehen, ist es finstere Nacht und der Himmel ist leer. Und gäbe es den Mond und die Sterne, weit weg wären sie. Hinter fremden Augen wären sie verborgen, durchgehen müsste ich durch sie und mit mir die Scham und das alles glüht dann so rot wie das Feuer, in dem schon meine Wohnung verloren ging. Es gibt kein Zurück, das gibt es nie. Wer wollte da noch Sterne sehen und den Mond?

Ich, habe ich gerufen. Ich will sie sehen.

Habs gerufen und dann war's das Erste, das ich vergaß.

Schreib mit, damit was dableibt von mir, wenn ich verschwunden bin. Schreib mit, wenn es mich von innen heraus zerlegt. Kein Zusammenhalt mehr, alles, was Flügel hat, fliegt, sagst du. Dabei ist schon längst alles davongeflogen, was Flügel hat oder sich im Wind auf und davon treiben ließ. Nichts hat Bestand. Wir schon gar nicht. Nur der schwere Rest, die Täuschung, die Lüge und der Verrat, das alles bleibt. Wiegt schwer, das hebt mir keiner auf und kein Gesetz und auch kein Schwur setzt da etwas dagegen, das mich hält.

Wenn ich geh, gib acht jetzt, Bub: Wenn ich geh, geh ich allein und bitte, lass mich still auf meinen Wegen. Streich mir die Haare glatt, nimm mein Gesicht in deine Hand und lass es gut sein mit mir.

Manni sitzt am Tisch. Er hat seine Bücher zur Seite geschoben, hat Platz für meine Hefte gemacht, hat ein Heft geöffnet, schreibt. Ich sehe ihm gern zu. Folge seinen Händen auf dem Papier, sehe, wie die Tinte ihre Spuren hinterlässt, immer schön in einer Linie. Blau wie das Meer in Istanbul, wenn ich ins Wasser springe, genau zwischen die Kontinente, wenn ich hinausschwimme, wo keine bunten Wimpel mehr wehen, nur der Wind. Weich, wenn es die guten Tage sind. Gleichmäßig, ruhig.

Manni schaut mich an, lächelt mir zu, schreibt weiter. Ich schweige. Behalte ihn, ohne einen Blick zur Seite zu tun, bei mir und schweige. Schweige. Er ist lebendig genug. Das reicht für uns beide, denke ich. So kann ich gehen.

Alles okay?

Ja, alles okay. Ich bin nur müde.

50

Als ich aufwache, steht Helene neben mir. Wie ein Racheengel kommt sie mir vor mit ihren schwarzen, streng zurückgekämmten Haaren. Auf der Stirn ein Pflaster: also doch ein Mensch.

Wo ist Tom?, frage ich.

Einen Tom gibt es nicht, sagt Helene. Die ewige Lügnerin.

Ich schäle mich aus dem Bett, gehe breitbeinig ins Bad. Die Nacht war schwer. Oder schwarz. Oder schwierig. Irgendwas mit sch, sage ich. Scheiße vielleicht, sage ich. Helene beutelt den Kopf. Mir graust.

Wie das hier ausschaut, sagt sie. Sie muss das erst sauber machen.

Das, sagt sie und zeigt irgendwohin, könnte ein Spiegel sein oder das Waschbecken. Was ist schon ein Spiegel, was ist schon ein Waschbecken, was sind schon Worte, wenn sie die Zeitlöcher nicht einmal mehr notdürftig überdecken können. *In ein Zeitloch zeigt Helene und ich stehe am Rand und schaue hinunter wie in einen Brunnenschacht. Siehst du die Wehmut und die Traurigkeit. Die Freude und die Freude über die Freude.* Schau, sage ich zu Helene, aber sie kehrt mir den Rücken zu. Verschwindet. Ist weg.

Lauf nicht zu schnell, rufe ich ihr hinterher. Vorne an der Ampel stehen bleiben, bis sie grün ist! Und trotzdem nach links und nach rechts schauen, bevor du über die Straße gehst.

Ich weiß es doch, sagt Helene und ihre Stimme ist höher als zuvor.

Vergiss die Schlüssel, sage ich auch noch. Nicht, will ich sagen. Vergiss die Schlüssel nicht, will ich sagen, aber da ist sie schon weg und hat die Schlüssel vergessen. Ich halte sie in meiner Hand, sie klimpern, wenn ich die Hand bewege. Vor der Tür steht das Kind, als ich nach Hause komme. Schwere Schritte: links eine Tasche mit Obst und Gemüse, rechts eine Tasche mit Brot und Käse und Eiern. Helene liebt Palatschinken. Wie dein Vater, sage ich.

Welcher?, fragt Helene. Spitz, sie fragt so spitz, dass ich aufschreie, aber nur kurz.

Ich vergesse den Vater, ich vergesse Helene. Ich vergesse den Spiegel und das Waschbecken, ich vergesse das ganze Bad.

Ich bin ganz Ohr, sage ich, als die Frau mir irgendetwas von einem Geburtstag erzählt. Ein zweiter Geburtstag (was wäre der erste gewesen?), fast sei sie gestorben bei diesem Unfall. Unfall? Unfall?

Ganz recht, sage ich schließlich und wiederhole immer wieder: *Unfall.* Ich wiederhole das *Unfall* so oft, bis ich für immer vergessen habe, was ein Unfall ist.

Vergessen Sie die Schlüssel nicht, wenn Sie gehen, sage ich zu der Frau in meinem Zimmer.

Ich bin doch gerade erst gekommen, sagt sie.

Und wo ist da der Zusammenhang?, sage ich.

Sie schweigt und macht sich an meinem Bett zu schaffen. Ich setze mich extra dort nieder, wo sie ihre Finger hat. Sie zuckt zurück. Es ist mein Bett.

Vorne bei der Straße stehen bleiben und nach links und nach rechts schauen, sage ich.

Mach ich, sagt sie.

Aber die Schlüssel nicht vergessen.

Und nicht den Vater und nicht den Spiegel. Nicht das Waschbecken und nicht das Kind, das vor der Tür steht, stundenlang schon und ich komme nach Hause, schwer bepackt, und das Kind hat in die Hose gemacht. Ich hab mich nicht getraut, sagt das Kind und meint die Nachbarin, die Deutsche mit der lauten Stimme. Vergiss die Deutsche, sage ich und ziehe das Kind in die Wohnung. Weg mit der nassen Hose, wasch sie aus dort im Waschbecken. Häng sie über die Heizung, bis spätabends der Vater kommt, ist sie trocken. Wir sagen ihm nichts, kein Wort. Nur die Schlüssel, sage ich und lasse sie in meiner Hand extra laut klimpern, die Schlüssel vergiss mir nicht wieder. Das Kind, meine Helene, hat geweint und sich an mich gepresst, hat sich mir in den Schoß gepresst, als ob sie wieder zurückkehren könnt, als ob alles so sein könnt, als ob nie etwas gewesen wär.

So geht das nicht, sage ich und die Frau sagt: Ja, so geht das nicht.

Wo sind die Kinder?, frage ich.

Zu Hause, sagt sie und gibt mir ein Stöckchen. Ist von Alexander, sagt sie. Das schickt er dir, ist ein Zauberstock. In der Nacht fliegen Schafe drüber und manchmal lassen sie ihre Löckchen fallen und dann glaubst du, es schneit.

Danke für den geschätzten Besuch und Auf Wiedersehen, sage ich.

Die Frau, die Helene ist, ist weg. Der Boden ist zugeschneit, ist vereist, so kalt kams vom Flur hereingeweht. Der Bub ist ein Träumer, denke ich und erschrecke. Ich gehe zur Tür, so schnell wie ich kann:

Vergiss die Schlüssel nicht, Kind!, rufe ich. Und lauf nicht zu schnell. Vorne an der Ampel stehen bleiben und warten, bis sie grün ist, und trotzdem nach links und nach rechts schauen, bevor du über die Straße gehst.

51

Wegen Herbert? Okay, wegen Herbert lass ich mich umziehen. Schon sitzt er da, wo sonst Manni sitzt, zündet sich eine Zigarette an und schaut missmutig. Er mag es nicht, wenn ich mich gehen lasse. Aber es ist doch Samstag, Sonntag, Wochenende und das Kind.

Wie schaust du denn aus, sagt er.

Lass mich doch gehen, wenn du mich nicht magst, sage ich. Lass mich gehen, sage ich immer wieder, aber er lässt mich nicht gehen. Er lässt mich nicht.

Du lässt mich nicht, sage ich so oft, bis die Worte auseinanderfallen. Du lässt mich nicht. Lässt mich. Lässt. Lässlich, verlässlich, verlassen. Verlust und dann lass ich mich gehen. Extra. Weil doch eh Wochenende ist.

Wie eine Vogelscheuche schaust du aus, sagt Herbert, und dass er eine Vogelscheuche geheiratet hätte, wenn er eine Vogelscheuche haben hätte wollen, und das Kind sitzt in seinem Zimmer, zieht seiner Barbie ein neues Kleid nach dem anderen an und denkt sich die nächsten Lügen aus. Ich kann nicht gehen, denke ich. Ich darf nicht gehen. Das geht so schnell bei den Kindern, da schaust du einmal weg und schon hat es dir eines weggetrieben. Zu weit hinausgeschwommen, zu tief getaucht. Immer diese Lügen.

Sagen wir Unwahrheiten, das ist nicht so hart.

Das ganze Leben ist hart.

Lass dich nicht so gehen. Wasch dich und zieh etwas an.

Okay, für Herbert, sage ich und die Orange-Rote zieht mir die nassen Fetzen vom Leib. Schweiß ist das nicht, sondern geschmolzener Schnee. Und dann kommt sie zurück aus dem Bad, ich fürchte diese Tür zum Bad, man weiß nie, was hinter ihr vorgeht. Mit einem nassen Fetzen kommt sie zurück und vielleicht wird sie mich damit erschlagen, man weiß nie, was sie denken, wenn sie da drinnen vor dem Waschbecken stehen und das Wasser läuft ihnen entgegen und ich kann sie nicht sehen. Schnell aus dem Bett und weg. Ich weiche zurück, bis ich an der Balkontür anstehe. Kalt liegt sie mir im Rücken, warm liegt mein Rücken an ihr. Es ist die Einzige, der ich traue.

Wegen Herbert, okay. Nein, Kinder will er nicht, wir sind doch noch jung und haben noch so viel vor. Und das Geld. Wo ein Haserl, da ist auch ein Graserl, sagen die anderen, aber Herbert sagt *Nein*. Leise hat er es gesagt, aber ich habe es gehört und da sind die Wimpel dem Wind überm Meer direkt entgegengefallen und die Boxen haben gezittert, so laut war das alles. Die Wasser sind stehen geblieben, bis da ein Spalt war zwischen den Kontinenten und in den sind sie hineingefahren und haben mein Kind herausgeholt mit klapperndem Besteck und ich bin dagelegen auf dem Spreizsessel und die Herren Doktoren haben da unten, haben zwischen meinen Beinen vom Urlaub geredet. Wo sie hinfahren werden. Ans Meer ganz sicher. Vielleicht Istanbul. So für den Anfang, und einstweilen haben sie mir mein Kind aus dem Leib gekratzt. Auf eigenen Wunsch. Sogar bezahlt habe ich dafür. Und dann kam Helene, viel später war das, da hab ich den Bub schon vergessen gehabt. Im letzten Moment, bevor die Zeit dafür vorüber war, kam sie daher. Ganz still war sie und so allein ist sie in ihrem Bettchen gelegen. Weißer Polster, weiße Decke. So viele Haare hat sie gehabt. Schwarz, und so sensibel war sie. Hat jeden Luftzug gespürt, auch als der Bub zurückgekommen ist. Geweint hat sie, als ich ihn in den Arm genommen habe. Zurück bin ich nicht gekommen von dort, wo das war. Gemerkt hat es niemand, ich bin immer noch da: der nasse Rücken, das Liegen und das schmerzende Kreuz. Die verschlossene Tür.

Herbert wird einen Aschenbecher brauchen. Er raucht sehr viel, müssen Sie wissen. Ob man die Tür zum Balkon aufsperren könnte? Also wegen dem Rauchen meine ich.

Sie wird mit der Kollegin reden.

Danke, das ist gut.

Ich trage einen leicht ausgestellten Rock wie früher und eine helle Bluse. Ich kann die Farbe nicht erkennen, irgendwas mit Beige, ziemlich langweilig, wie es die alten Frauen gern tragen, damit sie, blass wie die Umgebung, das Verschwinden üben können. Der Bauch unterm Rock ist gewölbt, als ob ich im vierten oder fünften Monat wäre. Sie haben mir Luft hineingepumpt, wo der Bub doch eh an mir gehängt ist wie an einer Sauerstoffflasche.

Nabelschnur, sage ich. Wo ist eigentlich die Nabelschnur und wo ist das Kind, sage ich und Herbert sagt: Hör auf damit. Und ich sage: Hast eh recht.

Ich wasche den Aschenbecher aus und stelle ihn auf den Tisch. Aber wenn das Kind da ist, musst du draußen rauchen, sage ich. Ich streiche mir über den Bauch: Bald ist es so weit. Es wird ein Mädchen.

Schön!, sagt die Orange-Rote.

Ziehen Sie mich um, aber reden Sie nicht so viel, sage ich. Ich kann mich nicht auf alles gleichzeitig konzentrieren.

Ich komme nicht mehr mit. Gebirge oder hohe Wellen, zu hoch, zu weit, zu tief, zu nah. Die vielen Arme, die vielen Hände.

Ich bin so müde, sage ich.

Bald haben wir es geschafft, sagt die Orange-Rote.

52

Sie sucht immer wieder meinen Blick, während sie meine Wäsche sortiert, aber ich schaue weg, denn: Fangen lasse ich mich nicht. Ich weiß genau, was sie vorhat, mit den Blicken fängt es ja immer nur an. Enden wird es, wenn sie mich eingefangen und arretiert haben, damit ich ihnen nicht mehr auskomme. Zuletzt bin ich ihnen dann in Endgültigkeitsdauer verpflichtet, weil sie mir das Leben geschenkt, warum nicht gleich: gerettet haben, und ich muss dankbar sein bis zum Ende meiner Tage, die sie zählen wie auf einem Abreißkalender. Tag um Tag reiße ich herunter, ein jeder ist wie der andere. Die Frau kenne ich auch. Kenne ich sie? Ja, es ist Helene.

Helene, sage ich mir vor. Ich rede nach innen, damit sie mich nicht hört. Sie soll nicht hören, dass ich sie wiederhole wie ein x-beliebiges Wort.

Heute ist ein guter Tag oder ein schlechter, wie man's nimmt, ein Merktag, passgenau steckt er zwischen den Erdlöchern. Brunnentief, pass auf, dass du nicht fällst und dir das Genick brichst. Ja, ich pass schon auf und ja, es fällt mir schwer, aber schwerer noch nehme ich den Tag, weil ich weiß, was kommt, obwohl ich nicht weiß, was ist und was war, nicht genau und doch: genau wie ich es gelesen habe, bevor sie mir das Handy genommen haben wie einem Kind, das mit so etwas nicht umgehen kann. Wissen ist Macht, meine Liebe, das hat mir Werner gepredigt, und ich habe ihm nicht geglaubt, wie ich ihm das Kind nicht glauben hab wollen, bis es mir aus dem Schoß gesprungen ist mit seinen schwarzen Haaren und dem zitternden Mund. Es ist von Herbert, habe ich gesagt, aber das war gelogen, wer könnte das besser wissen als ich. Hätte ich, vielleicht wäre alles anders gekommen, auch mit ihr, dieser Frau, die Helene ist.

Ein schwerer Tag ist's, weil ich heute wissen muss, dass ich kaum mehr etwas weiß und dass es weniger und weniger werden wird. Nichts wird mehr richtig sein. Nicht in der richtigen Reihenfolge, nicht in die richtigen Wörter gesteckt. Oder gar die Sätze, wie sie mir jetzt schon um die Ohren fliegen oder aus dem Mund. Nicht aus dem Mund. Bitte nicht. Verräterische Worte, verräterische Sätze. Damit muss Schluss sein. Hörst du, Manni. Damit muss Schluss sein, dass du alles aufschreibst.

Mein Mund ist zu, kein Wort lässt er durch. Nichts lässt er mir durchgehen. Oder dir? Nicht die kleinste Bewegung. Schotten dicht, sonst gehen wir unter, sagt mein Mund. Das nehme ich schwer. Schwerer als das Senkblei, das mich bisher auf dem Boden hielt, ist die Last im freien Flug. Eher ein Taumeln, denke ich. Taumeln, denke ich. Taumeln, Taumeln. Der Mund, ein Schwätzer ist er, er redet mir zu, als ob es kein Morgen gäbe – Gibt es ein Morgen? –, die anderen schweigt er um ihr Leben, bis sie sich nicht mehr rühren. Jede Menge Salzsäulen in meinem Zimmer. Wer hat sich umgedreht? Wer hat etwas gesehen? Und was ist furchtbarer als das Jetzt, wenn es kein Davor mehr gibt und das Danach ist ein Brunnenschacht, in den du fällst?

Ein fliegendes, ein fliehendes Mundwerk, denke ich und würde ihm gern den Mund verbieten, doch wie soll das gehen. Das Werkel rennt, sagt Herbert. Spricht Herbert aus dem Grab heraus. Das hat er immer schon können: Reden, als ob es kein Gestern gäbe und keinen weiteren Morgen. Dabei hat es damals noch so viele Morgen gegeben und wir haben das gewusst. Waren wir doch zu zweit und sollten es bleiben bis zum Ende unserer Tage. Keine Beweise. Keine Gegenrede. Keine Diskussionen. Nur Worte. Endlose Herbertschleifen am Himmel über dem Bosporus und die große Liebe, die nie vergeht, so haben wir geredet.

Das Kind, das Helene ist, sucht meinen Blick. Erwachsen ist sie geworden, so groß. Eine große, schlanke Person. Glänzende Haare, dein Vater würde staunen, denke ich und der Mund plappert ohne Unterlass irgendwelche Sachen und das so geschäftig, als ob ich ihn darum gebeten hätte. Jedes Kind hat einen Vater, sage ich, er verzieht sich zu einem Lachen. Und erst recht eine Mutter, sagt er. Sei still, herrsche ich ihn an. Wer ihr wohl die Haare frisiert, dass sie so schön glänzen?, frage ich, da schweigt er endlich. Bei solchen Sachen kennt er sich nicht aus.

Helene, sage ich. Ich sage es schweigend.

Helene, du bist ein gutes Kind, sage ich. Nur hör mit dem Lügen auf.

Der Mund zittert. Erst zart, es ist fast nicht zu sehen (wie Helene, damals ganz am Anfang), aber dann zittert er immer stärker, das ist ja direkt ein Schlottern, fast tut er mir leid, da kommt die große Flut (Helene, wo ist dein Anfang geblieben?).

Weinst du?, fragt die Frau, die Helene ist, *Helene ohne Anfang und trotzdem ist sie da.* Ein Wunder ist das, Herbert.

Helene, Helene, Helene greift nach ihrer Tasche. Ich denke, dass sie ihr Handy herausholen wird, aber dann ist es ein Taschentuch. Stoff. Mit umgenähten Rändern.

Bist ein gutes Kind, sage ich laut, als sie mir das Wasser aus dem Gesicht wischt. Ich suche ihren Blick.

Ja, vielleicht, sagt Helene, sie weicht meinem Blick aus.

Wo der Bosporus im Bosporus ertrinkt, hab ich mein Kind begraben und niemand hat es mir beweint // Dunkle Frauen nur, am Ufer standen sie und wiegten ihre Köpfe // stumm // am Wasser wehten bunt die Wimpel und brüllend floh aus allen Boxen // die Musik.

Weißt du, dass du einen Bruder hast?, sage ich.

Lukas?, sagt sie. Morgen kommt er, sicher.

Ich nicke, was bleibt mir sonst übrig.

53

Es hat wieder geschneit und der Rücken ist nass, als könnt ich durch geschlossene Türen gehen. Von dem Engel, der draußen auf dem Balkon auf dem Boden liegt, ist nichts mehr zu sehen. Ich schaue hinunter: Da geht Manni auf und ab, das Handy am Ohr. Er gestikuliert, eine Zigarette in der Hand. Manni raucht. Manni raucht? Hustet er schon? Ich muss mit ihm reden. Hoffentlich kommt er bald, hoffentlich kommt er rechtzeitig zurück. Ich rieche den Rauch bis herauf zu mir. Im ganzen Raum stinkt es nach Ärger und Atemnot. Herbert, wie er stumm und starr daneben steht. Unbeteiligt, immer noch tot. Helene steht auch da unten, Komm doch herauf zu mir!, rufe ich, aber sie hört mich nicht. Sie hat die Kinder an der Hand, ein jedes zieht an ihr, die arme Haut, wie Manni ist sie zu entfernt. Nur Lukas winkt, doch da schmilzt mir der Schnee im Rücken, das ist mir viel zu kalt. Herbert hat vergessen, die Heizung einzuschalten, bevor er gegangen ist, nur das Bett hat er mir zurückgelassen: leer. Sein Husten hängt noch in den Pölstern und den Decken und ich wache immer noch auf in der Nacht, wenn ich ihn höre. Wie er sich plagt. Wie ihm die Luft zu schwer wird. Wie sie sich ihm auf die Brust legt, ihm die Brust nicht füllt, er atmet umsonst, wo es doch um sein Leben geht. Leben. *Leben.*

Ich schreibe alles auf, eine lange Liste liegt vor mir, vollgeschrieben, blau mit fliegenden Punkten. Alles, was Flügel hat, fliegt! Der i-Punkt fliegt!, rufe ich und schon bleibe ich auf der Erde zurück wie festgeklebt. Hab eh viel zu viel zu tun, sag ich, schick ich mich drein, weiß ich manchmal trotzdem grad nicht, wo mir der Kopf steht, sage ich gegen die Wand, die zurückweicht. Hauptsache, sie zerbricht mir nicht, denke ich und denke ich an den Staub, der bis hinter die Augen fliegt und mir hinterrücks Scharten kratzt, wenn die Mauer bricht, verflüchtigen würde er sich wie ein i-Punkt oder wie Werner. Nimm keinen von diesen flüchtigen Männern, sage ich. Und wenn es das Letzte ist, das ich dir in dein Heft schreibe, bevor ich mich wieder an meine Liste setze. Alles notiere, das ich je gebraucht habe und brauche. Warum? Du musst lauter sprechen, ich verstehe dich nicht. No way, sagst du. Du klingst schön, sage ich. Du darfst bleiben. Eine lange Liste ist das und voller Hürden, wie silberne Messerbänkchen stehen sie herum, als ob's ein Bankett wäre, ein königliches. Wie im Fernsehen. Über dieses Stöckchen musst du springen, sagt jemand. Die Stimme kommt von dort, wo grad noch die Wand war. Ob sie zur Deutschen gehört? Kulissenschieberin, rufe ich versuchshalber Richtung Flur. Ich höre ein Kichern, es wächst sich aus. Sie lachen da draußen, aufdringlich und oben drauf noch einmal aufdringlicher, viel zu laut, weil ich sie angehe, wie sie sich selbst angehen müssten, wären sie nicht falsch und verlogen von Grund auf, da ist Helene ein Waserl dagegen, aber ich schreibe weiter, als ob da niemand wäre, dem seine Lügen aus allen Löchern fallen, die Liste ist lang.

Auch wenn es Schafslöckchen von der Decke regnet, bin ich dabei // strecke ich meine Arme extra weit weg von mir // öffne ich meine Hände zu Tabletts aus durchscheinendem Glas // wie von Eis // lass ich mich zuwehn vom Schnee // steck ich in meinen Geschichten wie ein Thermometer von früher // in der Mitte eine Säule aus Quecksilber // stecke ich fest in dem, was du mir erzählst // fort bin ich dann // entfernt und verloren für den Moment // bin ich überall dabei, rufe ich // ich bin doch kein Kind von Traurigkeit.

Die Deutsche übt für ein neues Stück. Ist mir suspekt. Suspekt, sage ich, obwohl ich vergessen habe, was das bedeutet. Gestern habe ich es noch gewusst. Ist aber egal, ich habe das sowieso im Gefühl. Die Buchstaben tanzen mir was vor, es ist ein Schuhplattler, wie gekonnt, diese Lederhosen!, das schlägt mir direkt den Takt ins Ohr. Ich rufe nach Tom, aber er ist nicht da. Manchmal tauschen die da unten die Plätze, schaut aus wie ein Spiel mit festen Schritten, unsichtbare Schablonen am Grund. Ich schaue zu, aber ich verstehe nichts.

Alles dreht sich, alles bewegt sich. Alles verliert sich, zurück bleibt nur der Verrat. Wiegt schwer, reißt ewige Löcher in den Boden, reißt alles mit, das in seine Nähe kommt. Der Engel unterm Schnee ist erfroren. Wer sperrt ihm die Tür auf?

Ich sitze am Tisch ohne Kerzen. Wartezeit, aber Feuer ist verboten, sagt die junge Ärztin, als ich endlich an der Reihe bin. Dabei könnte sie meine Tochter sein. Zum Platzen schwanger ist sie (es wird ein Mädchen), und immer noch schreibt sie mir alles auf, was ich einkaufen muss. Ganz oben steht das vom Feuer. Es ist viel zu kalt. Eisig. Herbert denkt immer nur an die Gasrechnung und nicht an mich, wenn ich aufstehen muss in der Früh und die Wohnung ist so durchgefroren, weil er schon so lang weg ist. Einsatz für den Einsatzleiter und wo bleibe ich, Herbert? So kalt ist es mir geworden, dass es mir alles zusammenzieht auf einen Punkt. Genau in der Mitte zieht es mir alles zusammen und da fehlt nur noch das Stöckchen oder ein Fußtritt, da käme ich voran. Zu weit entfernt sind sie mir alle (alle!), nur noch das Personal ist da. Notausstattung. Notausstattung, sage ich, und draußen die Gefahr. Brennen könnte es, wenn jemand vergessen hat, den Strom auszuschalten, und dann kommt der große Schock: der Ansturm, von dem seit ewig die Rede ist. Wenn sich die Schaltkreise, voll im Saft, ineinander verheddern, ist der Teufel los. Da schrillt die

Elektrik Alarm und eine Feuerprobe ist das nicht. Da brennt dann alles ganz echt. Mir ist kalt.

54

Komm, ich pack dich ein, sagt Manni. (Er hat heute keinen Rucksack mit, keine Bücher. Prüfung vorbei? Was für eine Prüfung? Wer ist Manni? Ach ja, Manni!)

Wie ein Weihnachtsgeschenk packst du mich ein?, frage ich.

Genau, sagt Manni und bringt mir Pullover, Stiefel, Mantel, Schal und eine Haube, die ich nicht kenne. Sie läuft spitz zu und ganz oben sitzt ein Wollknäuel, rund und warm wie die Welt, sage ich. (Manni, sage ich, was soll ich mit der Welt da oben am Kopf.)

Das ist jetzt modern, sagt er, als er meinen kritischen Blick bemerkt.

Na ich weiß nicht, sage ich, aber dann schicke ich mich drein.

Wo sind die Bänder?

Was für Bänder?

Die Geschenkbänder. Ich will dunkelblaue Samtbänder mit Sternen drauf. Da kannst du mich an den Himmel binden und keiner wird es bemerken. Und die Erde hat einen Halt, sogar wenn ich ausrutsche. Es ist doch viel zu eisig, Manni. Siehst du nicht, dass alles glänzt, erfroren, wie es ist?

Die Bänder besorgen wir unterwegs, sagt Manni. Er gibt mir die Hand, da verstehe ich, dass es hinaus gehen soll. (Also wirklich. Da will einer wirklich mit mir hinaus auf Eis. Wer hat ihm das erlaubt? Weiß die junge Ärztin was davon? Wird ihn die Orange-Rote unten durchlassen? Samt mir?)

Hinaus?, frage ich.

Ja, sagt Manni und macht die Tür auf.

Darf ich bitten, gnä' Frau, sagt er und verbeugt sich so tief, dass ich seinen Dutt genau vor meinem Gesicht habe. Er springt mich direkt an. Ich stecke meinen Zeigefinger in die Mitte und rühre vorsichtig in ihm um, als ob's ein Kochtopf wäre und mein Finger ein Kochlöffel.

Übst du eh noch brav?, frage ich, als ich fertig bin.

Nämlich was?, fragt Manni.

Kochen natürlich.

Immer doch.

Er setzt sich eine Haube auf: jetzt aber. (Einstweilen wird die Kochstelle kalt. Eiskalt. Es kümmert ihn nicht. Das mit dem Üben ist gelogen. An solchen Aktionen erkenne ich das.)

Der Rot-Orangen im Glaspalast lächelt er zu, entwaffnend, ein Mann von Welt, ich gehe an seiner Hand, ich gehe entwaffnet an der Hand eines Mannes von Welt, aber schönere Schuhe hätte er mir schon anziehen können. Rote, glänzende. Er selbst: weiße Turnschuhe. Er wäscht sie in der Waschmaschine, das habe ich mir gemerkt. Ich merke mir den größten Blödsinn und das Wichtige vergesse ich. Wer hat sich so etwas ausgedacht.

Stell dir vor, sage ich, einen Stepptanz von unten. Verkehrt am Himmel hängen und einen Stepptanz hinlegen, als ob es donnerte. Gedonner in heiterer Folge, das wäre ein Abschied, auch von den Bäumen, die sich Herbert, der mein Mann ist, jeden Tag an den Tisch ruft, einen jeden mit seinem Namen. Sie stehen um uns herum, während wir essen. Manchmal kommt ein Hund vorbei und bellt mich an, fletscht die Zähne, als ob er etwas wittern würde, das ihm Angst macht. Kommst eh nicht in den Kochtopf, sage ich, damit er sich beruhigt. Meine Beine zucken und kein Mensch weiß warum.

Als ob es die ersten Anzeichen wären, sage ich zu Manni.

Schau, alles gestreut, sagt er. (*Salzkristalle oder Pfefferkörner, die Wege sind voll damit!*)

Wo ist denn dein Krönchen?, sage ich.

Hab ich versteckt, sagt er.

Ist das ein Anzeichen? Ja, das ist ein Anzeichen, sage ich. Das letzte.

Ich nehme meinen Arm aus seinem. Lass mich, sage ich. Lass mich gehen, auch wenn ich nicht will. Glaub mir: Es gibt nichts, das ich weniger will, als zu gehen. Aber die Wege sind gestreut, Pfeffer und Salz, Schwarz und Weiß, da kenn ich mich aus und noch ist es hell. Komm erst wieder, wenn es dunkel ist, wenn die Geschenke ausgepackt werden. Bis dahin müssen wir warten.

(Ein Leben lang warten, Tom, das ist es, was mich verrückt gemacht hat. Nimm mir die Bänder ab und häng sie an den Himmel. Endgültig. Dann tanze ich dort einen Stepptanz, dass der Himmel aufreißt, wenn ich aufsetze, und in den Löchern, die ich tanze, kann sich das Wasser sammeln, das verkehrt gelaufen ist wie ich. Das wird ein Wiedersehen, das sag ich dir, ein unendliches. Unendlich schön.)

Alles, was Flügel hat, fliegt. Weißt du noch? Ich fliege nie, aber deine Bänder, Manni, sie flattern im Abendwind und das ist gut. Und gut sind die Bäume auch jetzt, wo sie nackt sind und sich nur noch Schnee in ihren Achseln halten kann. Die Raben krächzen, als ob sie uns vertreiben wollten, und auch das ist gut, denn wir sind trotzdem da. Du und ich, sage ich, sind immer noch da, auch wenn die Welt bald untergeht. Ein Stepptanz, verkehrt am Himmel hängend, in rot glänzenden Schuhen. Unter uns der Bosporus und das im kältesten Winter, seit es Aufzeichnungen gibt, das wär's. Du nickst.

55

In der Nacht, dieses Mädchen, es hat mich geküsst. Auf einmal lag es neben mir, lag es an meiner Schulter, den Kopf zu mir gedreht, und dann sind seine Lippen auf meine gekommen. Ganz verwundert waren sie, so aufeinander. Das gibt es doch nicht, dachte ich, das muss doch ein Traum sein oder sonstwie erdacht, aber nein: Es ist wirklich passiert. Später dann habe ich einen großen Topf Spaghetti gekocht mit Sugo, wie es die Kinder mögen, und ein Kind, vielleicht meines, ist von der Schule gekommen mit einer Freundin und einem Freund, an meinem Tisch sind sie gesessen, plappernd nach Kinderart. So fröhlich. Ich hab nach dem Nachtmädchen Ausschau gehalten, aber es war nicht dabei. Ich hab den Kopf auf den Flur hinausgestreckt: Er war leer.

Das war früher, sagt Helene. Als ich sie unter die Bettdecke nehmen musste, weil ihr kalt war und sie Angst hatte so allein in ihrem Bett und nass war es auch. Sie schämt sich heute noch dafür. Armes Mädchen, sage ich. Das ist doch nicht deine Schuld.

Schuld, Schuld, wiederholt sie, als hätte sie Angst, dieses Wort zu vergessen.

Und dann frisst sie dich auf, sagt das Mädchen und meint die Schuld. Ich weiß das, weil ich die Worte kenne und die Orte, die hinter ihnen liegen. Werner, du Abteilungsleiter, du Vizechef, du Oberboss. Sie ist dein Kind und meine Schuld ist das nicht. Geschwiegen hast du, nicht ich. Oder wir beide, denke ich und kratze mich am Arm.

Ist nur, damit ich weiß, dass ich noch da bin, sage ich zu Helene, um sie zu beruhigen.

Sie macht sich Sorgen, wie sie das immer tut. Eine Bewegung von mir und schon schaut sie drein, als ob ich ihr unter der Hand verschwinden würde. Vor der Zeit.

Was ist schon vor der Zeit, sage ich zu ihr. Die Zeit ist nie vorher und nachher, sie ist überhaupt nicht, wenn wir nicht sind, sage ich, aber Helene hört nicht zu, nicht wirklich. Ihre Augen verraten sie.

Wo bist du, Kind?, frage ich.

Ich bin doch hier, Mutter, sagt sie.

Ach ja, stimmt, sage ich.

Zugriff, jetzt, denke ich. Und doch werdet ihr alle, ihr alle werdet den Zugriff verlieren. Eintauchen werde ich in den letzten Moment wie ins Meer in Istanbul. Zu weit hinausschwimmen werde ich, zu tief tauchen werde ich, hinter mir werde ich alles lassen, das war, nichts werde ich wissen von dem, was kommt.

Helene schaut starr. Die Deutsche schüttelt den Kopf. Das ist nicht gut, sagt sie, wer wird mir dann meine Rollen abhören? Ich nicht, sage ich. Draußen am Flur ist es laut, so viele Leute. Da wird das Essen nicht reichen und meine Geduld erst recht nicht. Bleibt ja draußen, aber lasst mir das Kind, das mich küsst in der Nacht. Haltet eure Geschichten bei euch, drückt sie euch selbst an den Leib und: Überrascht mich nicht. Lasst mich still.

Bist du mir böse?, frage ich.

Nein, warum?

Wegen deinem Vater.

Nicht doch, das ist alles viel zu lang her.

Du weißt?

Ja, ich weiß es. Schon lang.

Und warum?

Warum ich geschwiegen habe?

Wegen mir?

Ja, wegen dir.

Ich nehme ihre Hand in meine und drücke sie. Ich hebe den Kopf, unsere Blicke treffen sich. Treffen sich genau in der Mitte und das geht bis zum Herz, das stillsteht für eine Sekunde oder zwei, steht es still und das alles in Bruchteilen, wie es ist, wenn die wirklich wichtigen Dinge ans Licht kommen, zerbrechen sie. Mit ein bisschen Glück brechen sie nur auf.

Wir schweigen, plötzlich im Rhythmus der Welt.

So weit ist alles gekommen, so weit ist alles geworden, so weit ist alles gediehen.

Alles wird gut, sage ich. Oder nichts. Aber das spielt jetzt keine Rolle mehr.

Soll ich dich frisieren?, fragt Helene.

O ja, das wäre schön, sage ich.

Foto © Paul Feuersänger

Andrea Heinisch wurde 1959 in Wien geboren, wo sie auch aufwuchs. Matura in Tirol, Studium der Germanistik und Geschichte in Salzburg. Einige Jahre Lehrtätigkeit am Lycée français de Vienne. Ihr Debüt, »Henriette lächelt«, erschien 2023 im Picus Verlag. Sie lebt und schreibt in Wien und im Waldviertel.